U0784399

周作人著作

秉烛谈

钟叔河——编订

岳麓书社·长沙

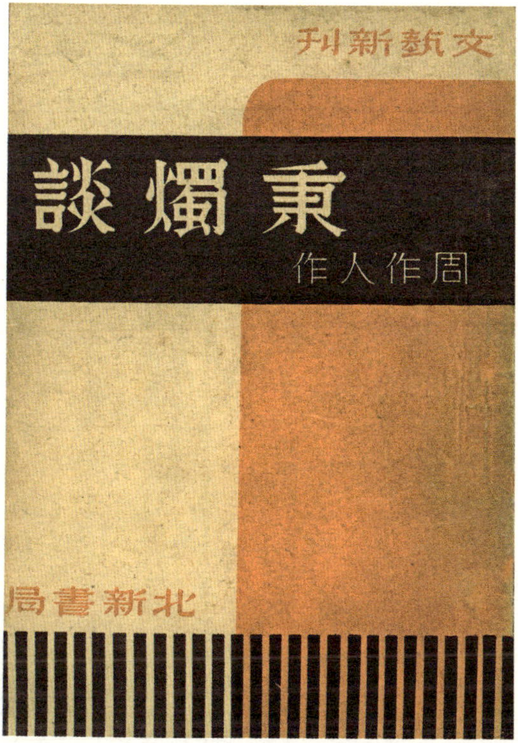

北新本《秉烛谈》

岳麓书社开始重印

周作人著作

人归人，文归文。周作人其人的是非功过是另一问题，其书的主要内容是对传统文化和国民性进行反思，对中国——西方和中国——日本的文化历史进行比较研究，今之读者却不可不读。岳麓书社以编印《知堂书话》《知堂序跋》《知堂杂诗抄》之燕手，已经开始重印周作人的全部著作，1987—88两年内全部出齐，力求：

书价最便宜　　装帧最大方　　校订最精审

“民国”时期尤其是沦陷时期所印书，错字甚多。岳麓书社决定由编审亲任周氏著作的校订，对原印本错字悉予改正，同时仍列出勘误表，记载原有错讹，以便对勘，且示负责。各书均分单本平装、合订精装两种版本，一利卧读，一利庋藏。周氏的集外文和未刊稿，亦正请上海黄裳、北京舒芜、香港黄俊东、新加坡郑子瑜诸先生协助整理，由本社初版印行。特此广告，请读者速向当地新华书店预订。本社即将请各省市书店统一报数。

自己的园地 0.99元
雨天的书 0.90元
泽泻集 0.50元
过去的生命 0.45元
（大32开精装合订本3.90元）

谈龙集 0.90元
谈虎集 1.66元
（大32开精装合订本3.95元）

永日集 0.81元
看云集 0.95元
夜读抄 0.90元
（大32开精装合订本3.90元）

苦茶随笔 0.99元
苦竹杂记 1.05元
风雨谈 0.90元
（大32开精装合订本4.35元）

瓜豆集 0.99元
秉烛谈 0.81元
药堂语录 0.45元
药味集 0.70元
（大32开精装合订本3.95元）

药堂杂文 0.90元
书房一角 0.95元
秉烛后谈 0.80元
（大32开精装合订本3.60元）

苦口甘口 0.85元
立春以前 0.95元
过去的工作 0.54元
知堂乙酉文编 0.75元
（大32开精装合订本4.00元）

知堂回想录 2.90元（精装）4.50元

欧洲文学史 0.78元
艺术与生活 1.25元
儿童文学小论 0.53元
中国新文学的源流 0.55元
（大32开精装合订本4.00元）

〔以下系初版新书，不属重印〕

知堂集外文编（上、下） 7.00元
知堂书话（上、下） 6.00元
知堂序跋 3.20元
知堂杂诗抄 0.80元
儿童杂事诗（丰子恺插图） 1.20元

编者的话

锺叔河

一九八七年一月七日《光明日报》上，岳麓书社刊出了我拟稿的一帧广告（左图），宣布了书社和我对重印周作人著作的观点：

“人归人，文归文。周作人其人的是非功过是另一问题，其书的主要内容是对传统文化和国民性进行反思，对中国—西方和中国—日本的文化历史进行比较研究，今之读者却不可不读。……”

随即便开始出书。既出周作人著作的单行本，也出精装合订本。两年之间，出了二十四种。

书当然不是想出便能出的，得按规矩，走程序。周家授权了，报告批复了，宋木文、杨牧之、伍杰各位领导都当面或来信表示应允和支持了，便能够出了。

出就得出好。当时强调了两条：（一）因为均系据旧本重印，所以一定要认真校订，尽力改正旧本误植失校的错误；（二）因为手稿不存，无法对勘，所以一定要详出校记，改动处一概保留原文，承担责任。

这两条，读者看来大都是认可的。直到如今，在旧书网上，八十年代“岳麓版”的周作人著作，始终都卖得不错。

现在，岳麓书社决定又来重版周作人著作，仍然要我负责编订，做法则一仍其旧。还是这些书，还是这两条，新的广告也就不必再做了。

鄢琨君三十年前和我同编了这些书，此次仍然合作，所有案头工作都是他做，各书重版说明也多是他写的。校记原列表在书末，如今改作尾注。鄢君新增校改之处，标出“鄢校”，特此说明，并志感谢。

二〇一八年五月十五日于长沙。

重版说明

《秉烛谈》，一九四〇年二月北新书局初版，收一九三六年十月至一九三七年四月间所写文章二十九篇。超过半数的文章都以书为题，此乃周氏自《夜读抄》以后作文的一大特色。其他如《关于俞理初》《再谈试帖》《再谈尺牍》《谈笔记》等，均是研究周氏文章和思想的重要篇章；而《歌谣与名物》《赋得猫》等篇，也是他晚年时表示“至今还是喜欢”的。

《秉烛谈》结集后，因时局关系，出版有耽搁。作者本撰有序言，但未及印入书中，“因底稿在上海兵火中烧失了”，它后来才编入了《秉烛后谈》。据序言说：“这本集子本想叫作《风雨后谈》，写信去与出版者商量，回信说这不大好，因为买书的人恐怕要与《风雨谈》相混，弄不清楚。我仔细一想觉得这也说得有道理，于是计算来改一个新名字……这就叫作《秉烛谈》吧。”

本社一九八九年十月据北新本校订印行，此次仍据该本加校重版。

目　录

关于俞理初

家传旧书中有一部俞理初的《癸巳类稿》，五厚册，大抵还是先君的手泽本，虽然不曾有什么题字印记。这部书我小时候颇喜欢，不大好懂，却时常拿出来翻翻，那时所看差不多就只是末三卷而已。民国以后才又买到《癸巳存稿》六册，姚氏刻本。关于俞君的事，也只在二书序跋及崇祀乡贤文件中见到一点。日前得安徽丛书本《癸巳类稿》，系用俞君晚年手订本石印，凡九册，附王立中编年谱一册，原文固多所增益，又得知其生平，是极可喜的事。年谱末复有谱馀数则，集录遗闻轶事，很有意思，但恨希少不禁读耳。

尝见齐学裘著《见闻随笔》卷二十四中，有“俞理初”一则云：

黟县俞理初正燮孝廉读书过目不忘，书无不览，著作等身。曾为张芥航河帅修《行水金鉴》，数月而成，船过荆溪，访余于双溪草堂，款留小饮。谓余曰，近年苦无书读。《四库全书》以及道藏内典皆在胸中，国初以来名宦家世科墨，原原本本，背诵如流，博古通今，世罕其匹。工篆刻，为余刻“蕉窗写意”“玉溪书画”两小印，古雅可珍。居家事母，不乐仕进，时移世乱，不知所终。

又戴醇士著《习苦斋笔记》中有“俞正燮”一则云：

理初先生，黟县人，予识于京师，年六十矣。口所谈者皆游戏语，遇于道则行无所适，东南西北无可无不可。至人家，谈数语，辄睡于客座。问古今事，诡言不知，或晚间酒后，则原原本本，无一字遗。予所识博雅者无出其右。先生为壬辰孝廉，尝告我曰：予初次入都会试，谒副主考，则曰，尔与我朱卷刻本，我未见尔文也。窃疑正主考取中，副未寓目。谒正主考，则又曰，尔与我朱卷刻本，我未见尔文也。骇问故，曰：尔卷监临嘱副主考，宜细阅此卷，副疑且怒，置不阅。揭晓日先拆尔卷，见黟县人，问曰，此徽商耶？予曰，若是黟县俞某，则今之通人也。副主考幡然曰，然则中矣。其实我两人俱未见尔文，故欲一读耳。会试荐未售，房考为刻其著述，所谓《癸巳类稿》也。乡试正主考为汤文端金钊，会试房考为王菽原先生藻。

查《年谱》，乡试中式在道光元年辛巳，笔记误作壬辰，又题名亦错写为俞廷燮。《年谱》引用自述一节，唯未录《笔记》全文，其实上半亦甚有致，如收在谱馀中正是很好资料也。《越缦堂日记补》辛集上咸丰十一年六月二十日条下云：

阅黟县俞理初孝廉正燮《癸巳类稿》，皆经史之学，间及近事纪载，皆足资掌故，书刻于道光癸巳，故以此为名。新安经学最盛，能兼通史学者惟凌次仲氏及俞君。其书引证太繁，笔舌冗漫，而浩博殊不易得。……俞君颇好为妇人出脱。其《节妇说》言，礼云一与之齐终身不改，男子亦不当再娶。《贞女说》言，后世女子不肯再受聘者谓之贞女，乃贤者未思之过。未同衾而同穴，则又何必亲迎，何必庙见，何必为酒食以召乡党僚友，直无男女之分。《妒非女人恶德论》言，夫买妾而妻不妒，是恝也，恝则家道坏矣。明代律例，民年四十以上无子者方听娶妾，违者笞四十，此使妇女无可妒，法之最善者。语皆偏谲，似谢夫人所谓出于周姥者，一笑。

又壬集同治元年十月二十三日条下云：

阅俞理初《癸巳类稿》。理初博综九流，而文繁无择，故不能卓然成一家言，盖经学之士多拙于文章，康成冲远尚有此恨，况其下乎。

李莼客这里所说的话我觉得很中肯，《类稿》的文章确实不十分容易读，却于学问无碍，至于好为妇人出脱，越缦老人虽然说的有点开玩笑的样子，在我以为这正是他的一特色，没有别人及得的地方。记得老友饼斋说，蔡孑民先生在三十年前著中国伦理学史，说清朝思想界有三个大人物，即黄梨[1]洲，戴东原，俞理初是也。蔡先生参与编辑《年谱》，在跋里说明崇拜俞君的理由，其第一点是“认识人权”，实即是他平等的两性观。跋文云：

男女皆人也，而我国习惯，寝床寝地之诗，从夫从子之礼，男子不禁再娶，而寡妇以再醮为耻，种种不平，从未有出而纠正之者。俞先生从各方面为下公平之判断。有说明善意者，有为古人辨诬者，有为无告讼直者，无一非以男女平等之立场发言。

这与越缦差不多是同一意思，不过是从正面说了，我也正是同意。《类稿》十三《节妇说》中云：

古言终身不改，言身则男女同也。七事出妻，乃七改矣，妻死再娶，乃八改矣。男子理义无涯涘，而深文以罔妇人，是无耻之论也。

《贞女说》末云：

鸣呼，男儿以忠义自责则可耳，妇女贞烈，岂是男子荣耀也。

《书旧唐书舆服志后》末云：

古有丁男丁女，裹足则失丁女，阴弱则两仪不完。又出古舞屣贱服，女贱则男贱。

《存稿》十四《家妓官妓旧事》中云：

杨诚斋以教授狎官妓乃黥[②]妓面以耻教授，《山房随笔》言，岳阳教授陈诜与妓江柳狎，守孟之经杖柳，文其鬓以陈诜二字，押隶辰州。此均所谓虐无告也。

以上所举都是好例，义正而词亦严，却又情理湛足，如以绮语作譬喻，正可云凛[③]若冰霜而复艳如桃李也。

《存稿》十四中有酷儒、愚儒、谈玄、夸诞、旷达、悖儒等莠书六篇，对于古人种种荒谬处加以指摘，很有意思。其论《酷儒莠书》末云：

此东坡《志林》所谓杜默之豪，正京东学究饮私酒，食瘴死牛肉，醉饱后所发者也。

又《愚儒莠书》末云：

著书者含毫吮墨，摇头转目，愚鄙之状见于纸上也。

读此数语，觉得《刁苦斋笔记》所云“口所谈者皆游戏语”大抵非假，盖此处诙诡笔法可以为证。同卷中有《白席》一篇，篇幅较短，意趣相近，全录于下：

> 《通鉴纲目》有《书法》《发明》等书，《续纲目》又有《发明》《广义》等杂于事实之中，卑情谄态，甚可厌恶。《容斋五笔》云，杨愿佞秦桧，桧食间喷嚏失笑，愿仓卒间亦随之喷嚏失笑。此等书颇似之。又尝戏谓之白席。《老学庵笔记》云，北方有白席，鄙俚可笑。韩魏公赴一姻家礼席，偶取盘中荔枝欲啖之，白席遽唱言，资政吃荔枝，请众客同吃荔枝。魏公憎其喋喋，因置不复取，白席又唱言，资政恶发也，却请众客放下荔枝。魏公亦为之一笑。

孔子曰，左丘明耻之，丘亦耻之。此种白席的书我也觉得甚可厌恶，俞君所说真先得我心。清朝三贤我亦都敬重，若问其次序，则我不能不[4]先俞而后黄戴矣。我们生于二十世纪的中华民国，得自由接受性心理的知识，才能稍稍有所理解，而人既无多，话亦难说，妇人问题的究极仍属于危险思想，为老头子与其儿子们所不悦，故至于今终未见有好文章也。俞君生嘉道时而能直言如此，不得不说是智勇之士，而今人之虚弱无力乃更显然无可逃遁矣。论理，我们现在对于男女问题应该有更深切的了解，可以发出更精到的议论来了，可是事实上还只能看到癸巳二稿的文章，而且还觉得很新很大胆，中国的情形是否真如幼稚的乐天家所想是“进化”着，向着天堂往前走，殊不能无疑。不过一定说是道光时代比现在好那自然也未必，俞理初固一人，王菽原阮云台也并不多。据《年谱》末引姚仲实著《见闻偶笔》一则云：

> 黟县俞理初正燮应礼部试，总裁为歙曹文正公振镛，仪征阮文达公元。文达夙慕先生名，必欲得之，每遇三场五策详赡者必以为理初也，及榜发不见名，遍搜落卷中亦不得，甚讶之。文正徐取一卷曰，此殆君所谓佳士乎，吾平生最恶此琐琐者，已摈之矣。撤弥封验之，果然。

姚仲实为民国初年人，唯系安徽世家，所述当有所本，且以情理推之亦正不错。清季相传有做官六字口诀曰：多磕头，少说话。据云即此曹振镛所授也。有此见识，其为文正公也固宜，其摈斥俞理初亦正是当然耳。讲俞君的故事而有此趣事作结，亦殊相称，与上文戴齐二君所记似更有照应得法之妙也。

二十五年十二月八日，在北平记。

【鄢校】

①“梨”原作“黎”。

③“凛”原作“懔”。

④原无“不”字，今增。

【锺校】

②“黥”原作“鲸”。

记太炎先生学梵文事

太炎先生去世已经有半年了。早想写一篇纪念的文章，一直没有写成，现在就要改岁，觉得不能再缓了。我从太炎先生听讲《说文解字》，只想懂点文字的训诂，在写文章时可以少为达雅，对于先生的学问实在未能窥知多少，此刻要写也就感到困难，觉得在这方面没有开口的资格。现在只就个人所知道的关于太炎先生学梵文的事略述一二，以为纪念。

民国前四年戊申（一九〇八），太炎先生在东京讲学，因了龚未生（宝铨）的绍介，特别于每星期日在民报社内为我们几个人开了一班，听讲的有许季黻（寿裳），钱均甫（家治），朱蓬仙（宗莱），朱逷先（希祖），钱中季（夏，今改名玄同），龚未生，先兄豫才（树人），和我共八人。大约还在开讲之前几时，未生来访，拿了两册书，一是德人德意生（Deussen）的《吠檀多哲学论》英译本，卷首有太炎先生手书邬波尼沙陀五字，一是日文的《印度宗教史略》，著者名字已忘。未生说先生想叫人翻译《邬波尼沙陀》（*Upanishad*），问我怎么样。我觉得这事情太难，只答说待看了再定。我看德意生这部论却实在不好懂，因为对于哲学宗教了无研究，单照文字读去觉得茫然不得要领。于是便跑到丸善，买了“东方圣书”中的第一册来，即是几种邬波尼沙陀的本文，系麦克斯穆勒（Max Müller，《太炎文录》中称马格斯牟拉）博士的英译，虽然也不大容易懂，不过究系原本，说的更素朴简洁，比德国学者的文章似乎要好办一点。下回我就顺便告诉太炎先生，说那本《吠檀多哲学论》很不好译，不如就来译邬波尼沙陀本文，先生亦欣然赞成。这里所说泛神论似的道理虽然我也不甚懂得，但常常看见一句什么“彼即是你”的要言，觉得这所谓奥义书仿佛也颇有趣，曾经用心查考过几章，想拿去口译，请太炎先生笔述，却终于迁延不曾实现，很是可惜。一方面太炎先生自己又想来学梵文，我早听见说，但一时找不到人教。——日本佛教徒中有通梵文的，太炎先生不喜欢他们，有人来求写字，曾录《孟子》逢蒙学射于羿这一节予之。苏子谷也学过梵文，太炎先生给他写《梵文典序》，不知怎么又不要他教。东京有些印度学生，但没有佛教徒，梵文也未必懂。因此这件事也就阁了好久。有一天，忽然得到太炎先生的一封信。这大约也是未生带来的，信面系用篆文所写，本文云：

> 豫哉、启明兄鉴：数日未晤。梵师密史逻已来，择于十六日上午十时开课，此间人数无多，二君望临期来赴。此半月学费弟已垫出，无庸急急也。手肃，即颂撰祉。麟顿首。十四。

其时为民国前三年己酉（一九〇九）春夏之间，却不记得是哪一月了。到了十六那一天上午，我走到“智度寺”去一看，教师也即到来了，学生就只有太炎先生和我两个人。教师开始在洋纸上画出字母来，再教发音，我们都一个个照样描下来，一面念着，可是字形难记，音也难学，字数又多，简直有点弄不清楚。到十二点钟，停止讲授了，教师另在纸上写了一行梵字，用英语说明道，我替他拼名字。对太炎先生看着，念道：披遏耳羌。太炎先生和我都听了茫然。教师再说明道：他的名字，披遏耳羌。我这才省悟，便辩解说，他的名字是章炳麟，不是披遏耳羌(P. L. Chang)。可是教师似乎听惯了英文的那拼法，总以为那是对的，说不清楚，只能就此了事。这梵文班大约我只去了两次，因为觉得太难，恐怕不能学成，所以就早中止了。我所知道的太炎先生学梵文的事情本只是这一点，但是在别的地方还得到少许文献的证据。杨仁山（文会）的《等不等观杂录》卷八中有“代余同伯答日本末底书”二通，第一通前附有来书。案末底梵语，义曰慧，系太炎先生学佛后的别号，其致宋平子书亦曾署是名，故此来书即是先生手笔也。其文云：

顷有印度婆罗门师，欲至中土传吠檀多哲学，其人名苏蕤奢婆弱，以中土未传吠檀多派，而摩诃衍那之书彼土亦半被回教摧残，故恳恳以交输智识为念。某等详婆罗门正宗之教本为大乘先声，中间或相攻伐，近则佛教与婆罗门教渐已合为一家，得此扶掖，圣教当为一振，又令大乘经论得返梵方，诚万世之幸也。先生有意护持，望以善来之音相接，并为洒扫精庐，作东道主，幸甚幸甚。末底近已请得一梵文师，名密尸逻，印度人非人人皆知梵文，在此者三十馀人，独密尸逻一人知之，以其近留日本，且以大义相许，故每月只索四十银圆，若由印度聘请来此者，则岁须二三千金矣。末底初约十人往习，顷竟不果，月支薪水四十圆非一人所能任，贵处年少沙门甚众，亦必有白衣喜学者，如能告仁山居士设法资遣数人到此学习，相与支持此局，则幸甚。

杨仁山所代作余同伯的答书乃云：

> 来书呈之仁师，师复于公曰：佛法自东汉入支那，历六朝而至唐宋，精微奥妙之义阐发无遗，深知如来在世转婆罗门而入佛教，不容丝毫假借。今当末法之时，而以婆罗门与佛教合为一家，是混乱正法而渐入于灭亡，吾不忍闻也。桑榆晚景，一刻千金，不于此时而体究无上妙理，遑及异途问津乎。至于派人东渡学习梵文，美则美矣，其如经费何。此时祇桓精舍勉强支持，暑假以后下期学费未卜从何处飞来，唯冀龙天护佑，檀信施资，方免枯竭之虞耳。在校僧徒程度太浅，英语不能接谈，学佛亦未见道，迟之二三年或有出洋资格也。仁师之言如此。

此两信虽无年月，从暑假以后的话看来可知是在己酉夏天。第二书不附“来书”，兹从略。

太炎先生以朴学大师兼治佛法，又以依自不依他为标准，故推重法相与禅宗，而净土秘密二宗独所不取，此即与普通信徒大异，宜其与杨仁山言格格不相入。且先生不但承认佛教出于婆罗门正宗（杨仁山答夏穗卿书便竭力否认此事），又欲翻读吠檀多奥义书，中年以后发心学习梵天语，不辞以外道为师，此种博大精进的精神，实为凡人所不能及，足为后学之模范者也。我于太炎先生的学问与思想未能知其百一，但此伟大的气象得以懂得一点，即此一点却已使我获益非浅矣。

民国二十五年十二月二十日在北平记。

《读〈风〉臆补》

好几年前在友人手头看见一部戴忠甫的《读〈风〉臆评》，明万历时闵氏朱墨套印，心甚爱好，但求诸市场则书既不多，价又颇贵，终未能获得。日前有人送给我几本旧书，其中有一函两册，题曰《读〈风〉臆补》，陈舜百著，清光绪庚辰年刻，凡十五卷，乃即是全录戴评而增补之者，书虽晚出而内容加多，是很可喜的事。查《四库书目提要》十七诗类存目中有戴氏《臆评》，批云：

> 是书取《诗经》国风，加以评语，纤仄佻巧，已渐开竟陵之门径，其于经义固了不相关也。

《四库提要》的贬词在我们看来有些都可以照原样拿过来，当作赞词去看，如这里所云于经义了不相关，即是一例。我们读《诗经》，一方面固然要查名物训诂，了解文义，一方面却也要注重把他当作文学看，切不可奉为经典，想去在里边求教训。不将三百篇当作经而只当作诗读的人，自古至今大约并不很多，至少这样讲法的书总是不大有，可以为证，若戴君者真是希有可贵，不愧为竟陵派的前驱矣。清代的姚首源著《诗经通论》，略可相比。郝兰皋以经师而能以文学说诗，时有妙解，亦是难得。今知咸丰中尚有陈君，律以五百年一贤犹比膊也之言，可谓此诗学外道之德亦并不怎么孤了。

《臆评》对于《国风》只当文章去讲，毫不谈到训诂，《臆补》亦是如此。这于我这样经书荒疏的人，自然也不大方便，不过他们这样做是很有道理的，所以不能怪他，只好自去查考罢了。戴君似很不满意于朱注，评中常要带说到，如《王风》“有兔爰爰”章下云：

> 有兔二语，正意已尽，却从有生之初翻出一段逼蹙无聊之语，何等笔力。注乃云，为此诗者犹及见西周之盛云云，令人喷饭。

又《桧风》“匪风发兮”章下云：

> 匪风二语，即唐诗所谓系得王孙归意切，不关春草绿萋萋。注乃云，常时风发而车偈。顾瞻周道，中心怛兮，多少含蓄。注更补伤王室之陵迟，无端续胫添足，致诗人一段别趣尽行抹杀，

亦祖龙烈焰后一厄也。

陈君对于朱注不敢作如此声口，盖时为之也。唯二人多引后人句以说诗，手法相同，亦是此派之一特色。如《周南》“采采卷耳”章下《臆评》云：

诗贵远不贵近，贵淡不贵浓。唐人诗，袅袅城边柳，青青陌上桑，提笼忘采叶，昨夜梦渔阳。亦犹是卷耳四句意耳，试取以相较，远近浓淡孰当擅场。

又《豳风》“我徂东山”章下云：

有敦瓜苦四句，老杜夜阑更秉烛，相对如梦寐，差堪伯仲。若王建家人见月望我归，正是道上思家时，以视鹳鸣于垤，妇叹于室二语，更露伧父面孔。

《臆补》中此种说法尤多，今选取其更有风致者，如《周南》“南有乔木”章下云：

之子于归，言秣其马。永叔云，犹古人言，虽为执鞭所欣慕焉者也。朱子悦之深，意亦同。唐人香奁诗云，自怜输厩吏，馀暖在香鞯，此即欧朱意也，孰谓《周南》正风乃艳情之滥觞哉。

又“遵彼汝坟”章下云：

惄如调饥，后来闺怨不能出此四字。韩诗调饥作朝饥，薛君章句所谓朝饥最难忍也。焦氏

《易林》云，俩如旦饥。晋郭遐周诗，言别在斯须，惄焉如朝饥。汉晋去古未远，尚得其实耳。

《召南》“喓喓草虫”章下云：

采薇蕨而伤心，正所谓忽见陌头杨柳色，悔教夫婿觅封侯也。若杜审言诗，独有宦游人，偏惊物候新，则与诗意相对照矣。

《邶风》“燕燕于飞”章下云：

瞻望勿及，伫立以泣，送别情景，二语尽之，是真可以泣鬼神矣。张子野短长句云，眼力不如人，远上溪桥去。东坡送子由诗云，登高回首坡垅隔，惟见乌帽出复没。皆远绍其意。

此类尚多，今不具举。

陈君别有一特色，为前人所无，即对于乱世苛政之慨叹。如《王风》“有兔爰爰”章下云：“极沉痛刻酷之作。”又云：“安得中山千日酒，酩然醉到太平时。”《魏风》“十亩之间兮”章下《臆评》云：“读此觉后人招隐词为烦。”陈君则补评云：

桑园可乐，风政尚佳。后世戈矛加于鸥鸟，征徭及于鸡犬，并野亦不可居矣。至曰闲闲，曰泄泄，往来固自得也，亦实有黜陟不知理乱不闻意。

又《硕鼠》章下云：

呼鼠而汝之，实呼汝而鼠之也，怨毒之深，有如此者。

又云：

纥干山头冻杀雀，何不飞向生处乐，即适彼乐土意。谁之永号，姚承庵谓即哀哀寡妇诛求尽，痛哭郊原何处村也。

《桧风》“隰有苌楚”章下云：

宋琬[①]诗云，寄与武陵仙吏道，莫将征税及桃花，又是一意。及诵桑柘废时犹纳税，田园荒尽尚征徭之句，更不禁凄然叹息也。

不佞小时候读《诗经》，苦不能多背诵了解，但读到这几篇如《王风》“彼黍离离”、“中谷有蓷”、“有兔爰爰”，《唐风》“山有枢”，《桧风》“隰有苌楚”，辄不禁愀然不乐。同时亦读唐诗，却少此种感觉，唯“垂死病中惊坐起”及“毋使蛟龙得”各章尚稍记得，但也只是友朋离别之情深耳，并不令人起身世之感如《国风》诸篇也。兴观群怨未知何属，而起人感触则是事实，此殆可以说是学诗之效乎。今得陈君一引伸，乃愈佳妙，但不知今人读之以为何如。诗人生于东周，陈君以至不佞读诗时皆在清末，固宜有此叹息。现在的青年如或读《国风》诸篇及陈君所评不佞所谈皆觉得隔膜，则此乃是中国的大幸事，不佞此文虽无人要读亦所不怨也。即使如此，戴陈二君的书却仍有其价值，要读《诗经》的人还当一看，盖其谈《诗》只以文学论，与经义了不相关，实为绝大特色，打破千馀年来的窠臼。中国古来的经书都是可以一读的，就只怕的钻进经义里去，变成古人的应声虫，《臆评》之类乃正是对症的药。如读《诗经》从这里下手，另外加上名物训诂，便能走上正路，不但于个人有益，乌烟瘴气的思想的徒党渐益减少，其于中国亦岂不大有利乎。

二十五年十一月十五日。

【锺校】

①“琬”原作“婉”。

《读书随笔》

在《又满楼丛书》中有沈赤然著《寒夜丛谈》三卷，颇有妙语。如卷二《谈礼》中云：

> 行吊之日不饮酒食肉，后世恐无此人。盖其吊时本无哀心，即有哀心，吊毕忘之矣。当求之眼不识杯铛而又能长斋绣佛者。
>
> ×
>
> 妇人及五十无车者皆不越疆吊人，今时皆然。非守礼也，盖无车者则懒于行路，妇人则惜舟车费耳。

我觉得这个人很有点意思，便想搜求他别的著作来看，总算得到了几种，有《寄傲轩读书随笔》十二卷，《续笔》《三笔》各六卷，《五砚斋文钞》十卷，据《丛书举要》四五说还有《诗钞》二十卷，不能得到虽是可惜，但是我是不大懂得诗的，所以也就罢了。《文钞》卷四《名字释误》云：

予初名玉辉，字韫山，后应童子试，更名赤熊，而字则如故。甲申岁试入德清县学黉，案发乃误熊为然。

卷二《更生道人自序》[1]中云：

予平生有砚癖，有书画癖，皆以贫故其癖得不甚。性好游，闻佳山水辄神往，苦无济胜具，遇嵚崟历落则止，遇林木丛密则止，故败意时常多。又好酒，苦不能卯午饮，不能长夜饮，有公事不饮，无佳酝不饮，对俗人不饮，故不醉日常多。

又云：

所为诗古文及行草书皆无师，师古人，虽十不得一，视窃今人面貌者谬自谓过之。

卷五《答吴穀人论文书》云：

仆亦有所不为者三焉。一曰，故为艰涩以托于古奥。二曰，摭拾浮艳以破坏法度。三曰，刻意规模以失吾本真。故仆之为文，词达而已矣，不鄙俚，不失体裁，即已矣。

这几节关于自己的表白都很有意义。《论文书》末尾又有云：

近时为古文词者，唯同年友山阴章君学诚，择精语详，神明于法，海内作者罕有其比。

很足以证明他自己的立场。卷三有《与章实斋书》云：

> 比示《文史通义》一书，内论六经皆史云云，初谓词胜于理，反复读之，乃叹汉唐以来未有窥此秘者，足使大师结舌，经生失步矣。志乘诸论议亦足补刘子元《史通》所不逮，然见少多怪，恐急索解人不得耳。又云，讲韩欧之法者不可以升马班之堂，深马班之学者岂复顾韩欧之笔，初亦不能无疑，及读至文士撰文惟恐不自己出，史家之文惟恐出之于己数语，又闻所未闻，何论之奇而确也。夫人情贵远而贱近，此书一出，讥弹者必多，然天下大矣，安知无如桓谭其人者在乎。仆近著《读书随笔》十卷，中论经子百馀条，颇有创解，然自信未坚，他日得就政足下，或不叱其病狂，此外虽有笑我骂我者，亦听之而已。

查刘氏刻《章氏遗书》，未见有答书，唯《文史通义》外篇二王穀塍编目中有《评沈梅村古文》，有目无文，后始刻入《章氏遗书补遗》中，其起首数语云：

> 同年友梅村沈君（名赤然，钱塘人）杂钞前后所著古文词为一卷，示余辱问可否。君志洁才

清，识趣古雅，所撰皆直舒膺臆，无枝辞饰句，读其书可想见其为人。

《读书随笔》共三集二十二卷，皆读经史的札记，多有好意思，我觉得这乃是他的杰作，比文章更有价值，惜章实斋不及评，想或未及见也。《随笔》卷六有二则云：

梁蔡樽为郡，不饮郡井。非不饮也，盖斋前既自种白苋紫葵以为常饵，不能不凿井浇灌，衙斋既有井矣，故不须更汲于外。若在官以饮水为嫌，是固蚓之所不能也，而况于人乎。

×

到溉冠履十年一易，朝服或至穿补。尝疑一冠十年事或有之，履不应耐久若是，至朝服穿补尤非致美黻冕之道。凡若此者，未可信也。

所说皆有理，而又富于情趣，故不易企及。卷七云：

后唐赵在礼在宋州时人苦之，及罢去，宋人喜，私相谓曰，眼中丁今拔矣。寻复受诏居原职，乃籍其部内口率钱一千，曰拔丁钱。此与郑文宝《江表志》载张崇之征渠伊钱捋须钱极肖，正如乞儿强丐，任尔唾骂，不得残羹冷饭终不去也，可奈何。

又云：

宋既南渡，江淮以北悉非所有，然数十年后，户亦有一千一百七十万五千六百有奇，视宣和前仅减七百万，固由从龙而南者实蕃有徒，然休养生息亦不可谓非和议之力。

此则本平凡无奇，唯查三集对于南宋时大家所喜谈的和战问题并不提及，只此处间接说着，其见解似亦有独异处。卷八云：

欧阳公自言，平生作文构思多在马上枕上厕上。钱思公亦言平生唯好读书，坐则读经史，卧则读小说，厕上则读小词。然厕上构思，古今文人通病，若展卷其间，无乃太亵乎。因忆左太冲作《三都赋》，溷处亦置纸笔，不知有底忙，却抛不下此片刻工夫耳。

卷九云：

士生秦汉后，佛固不必佞，亦正不必辟，盖立身自有本末，非仅撒粪佛头即可上侪颜孟也。昔司马温公不好佛，谓其微言不出儒书，而家法则曰十月斋僧诵经，可见温公亦未尝尽排斥也，况远不及温公者乎。

又云：

洪景卢谓退之潮州上表与子瞻量移汝州上表同一归命君父，而退之颇有摧挫献佞语，子瞻则略无佞词云云。此论固当，然退之岂好为谄谀者，唯生死看得太重，不觉措词过于乞怜，如游华山不得下，便痛哭作书与家人诀，亦只是怕死耳。子瞻深于禅理，故能随在洒然，然狱中二诗何尝不哀迫怕死耶。

前两篇都是很好的小文章，末篇说穿韩退之的毛病，大是痛快，这样一个可笑人而举世奉为圣贤，何耶？《续笔》卷三云：

臧洪杀爱妾食将士，将士咸流涕。夫婉娈之肉区区几何，乃忍解割于刀椹之上，烹燔于鼎镬之中，以求坚众心而作士气，岂仁人君子之用心乎。吾读史至此等事，未尝不笑其愚而憎其很也。

卷四云：

昭成帝尝击贼，为流矢所中，后得射者，释不问，曰各为其主也。石勒擢参军樊坦为章武内史，入辞，衣服弊甚，勒问之，坦率然对曰：顷遭羯贼无道，货财荡尽。勒笑曰，羯贼乃尔耶？今当偿卿。坦悟，大惧叩头谢。勒曰，孤律自防狡吏，不关卿辈老书生也。竟厚赐之去。此等大度尤人所难。天生豪杰岂限华夷，彼蒂芥睚眦以语言罪人者，视此不适成虮肝蝇腹耶？

沈君生于乾隆十年乙丑（一七四五），序《续笔》时为嘉庆十年乙丑，盖年已周甲矣，语言文字之狱见闻必多亲切，今为此言，读了更令人感叹，想见著者意识下很有不平的块磊在也。《三笔》卷一有读经的一则云：

> 《论语》“子路曰不仕无义”一节，皆以为子路为丈人家人言之，然朱注言尝见福州国初时写本，子路下有反字，曰字上有子字，盖子路既反而夫子言之也。余谓丈人既行，其家止有村妻稚子，更有何人能理会得此段说话，其为今本脱去二字无疑。

这里说子路在丈人家里大发牢骚为未必有，固然不错，照朱注这样一改，就讲得过去了，可是这回未免有点使得孔子为难，因为孔子对了子路大发牢骚也可笑，而且情形也不像，孔子平时对于这些隐逸不大这样的发脾气，如长沮桀溺楚狂接舆可以为证。我引《三笔》的这一则，只为他说得有意思，若论解释则未能恰好，本来“丈人”一章的文章很不好讲也。

沈梅村的著作近来颇不易得，盖嘉道间刊本经太平天国之乱多毁于兵火，大抵如此，觉得也就可以珍重，而其文章思想亦均有特色，因抄录数则为之绍介。读史的札记大都易犯一种毛病，即是陈旧偏狭，沈君却正相反，甚为难得，读去常有新的气味，不像是百年前人所说的话，有时实在比今人还要明白有理解也。

二十五年十一月。

【鄢校】

①“《更生道人自序》”书名号原为引号。

《林皋间集》

《越缦堂日记补》第三册咸丰六年二月初三日条下云：

> 阅吾乡潘少白谘《林皋间诗文集》。少白足迹半天下，借终南为捷径，旅京华作市隐，笠屐所至，公卿嗜名者争下之，而邑人与素游者皆言其诡诈卑鄙，盖亦公道可征也。然其文实修洁可喜，虽洼泓易尽，而一草一石间风回水萦，自有佳致，写景尤工，唯满口道学为可厌耳。或更夸其高淡，则正其才力薄弱，借此欺人者也。然在本朝自当作一名家，越中与胡稚威差可肩随，铁崖天池则跨而上之矣。

后有批语，盖周素人笔，云：

> 论潘少白此语绝当，其《常语》却不可及。

寒斋所有潘少白诗文集凡两种。一曰《林皋间集》，道光十六年（一八三六）刻，文六集，诗五卷，《常语》二卷。一曰《潘少白先生集》，道光甲辰（一八四四）刻，文八卷，无诗，《常语》二卷。后者据陈莲史云是其自订定本，但增减不甚多，《常语》则完全一样也。《常语》盖实是潘少白语录，李越缦所谓满口道学为可厌耳即指此书，而周素人又称之为不可及，对照得妙。但据我的意思则觉得李君的话说得不错，贬固对褒也对。我不懂诗，若其文我亦颇喜欢，修洁，工于写景，如《自彭水梯山之大西暮宿珠窦箐与人书》《与故友陈其山书》《南野翁寓庐记》《夜渡太湖至湖州小记》《水月庵记》等，都颇可喜。不过周君也不算全说错了，因为《常语》大半固是道学语，却亦不无可取处，为平常道学家所不能言或不能知者。如卷上云：

草木盛时，风日雨露皆接为体，及其枯槁，皆能病之，此草木气机内仁不仁之别也。

又云：

太极之理，毫发内皆充满无间。

这头一条我们稍读过一点植物学的便知道不对，第二条则简直不知说的是什么，不禁掩口胡卢。但他也有说得好的，如云：

孟子以能言距杨墨即引为圣人之徒，后人都看错能言二字。时杨墨深染人心，其真差谬处皆言不出，莫知所距，至孟子始具眼訾之，人尚不信，斯时有能与孟子同一识见，必于正道理会过来，见之亲故距之力也。后人袭前人已尽之言，于道理上亦未会得，人人以能言为事，亦何取哉。

所说当时情形像煞有介事的，也未必可靠，因为我们看战国时的记载并不如孟子所说那样，有不归杨则归墨的形势。但是结论却很有意思，正如西儒说过，第一个将花比女人的是才子，第二个说的便是呆子，后世之随口乱骂无父无君者便都是这一类的货色了。袭前人已尽之言，这是很辛辣的一句话，是做洋策论的人的当头棒喝。又云：

古人以豆记善恶念，日省工夫密矣，而后人附以名利福泽之说，使人日望名利福泽，此正恶念所始，犹乡里妇人念佛，云一句阿弥陀佛，天上便贮下一金钱，其贪愚无知岂可理解。

中国士大夫自称业儒，其实一半已成了道士，拜文昌念《太上感应篇》的不必说了，上焉者也仍是讲功过信报应，有名如吾乡刘蕺山还不能免，可以知矣。潘君干脆的比之于贪愚的念佛老太婆，殊为痛快，在这一点上道学同行中人盖莫能及也。又卷下云：

失节事大，人人当知，但以劝愚夫妇，必令

免于死亡，然后可驱而之善。宋人每以极至诣责妇人小子，故所行多龃龉。

这意思本来也很平凡，孟子曾说过：

今也制民之产，仰不足以事父母，俯不足以畜妻子，乐岁终身苦，凶年不免于死亡，此惟救死而恐不赡，奚暇治礼义哉。

不过后来道学家早就没有这种话了，他们满嘴“仁义礼智”，却不知道人之不能不衣食，衣食足而后知荣辱，他们的知识与情感真是要在说何不食肉糜的晋惠帝之下了。宋人有名的教条之一云，饿死事小，失节事大。这句话不能算错，但可惜他们不知道，须得平常肚皮饱，这才晓得失节事大，有时肯饿死。若是一直饿着，那就觉得还是有饭吃第一要紧了。向来提倡道学的人大抵全是宋人嫡系的道学家，明白事理如潘少白者可以说是绝少，曰不可及，盖非诬也。卷上有一条系答牛都谏论《实政录》者，关于用民力有云：

农民小贩工匠十日内费一日工，则一年即缺半月之用。

此亦明通之见，与闭了眼睛乱说者不同。文集中也有些好的意思，可以抄录一二，其单有文词之美者姑从略，《至彭水复友人书》劝阻文人之从军，是一篇很有意义的文字，其中有云：

故武夫厌于铠胄，而儒生诗歌乐言从戎，实不过身处幕幄，杯旁掀髯狂歌自豪，一种意气为之耳。果令枕戈卧雪，裹伤负粮，与士卒伍，前有白刃，后有严威，未有不惨然神阻者矣。……前有杜某者，言王三槐负嵎时，或奋然思作谕诱之策，闻老林一带刀槊植地望之无尾，骇不敢议。夫一围之颈，尺刃足以斮之，刀槊丛植亦何事，彼岂冀贼无寸铁而思往哉。

《答人问仙术书》云：

凡其所事，核之此生皆一息无可旁委，自少至老一日失事则谓之不尽命，安有暇日以求其外？其有暇日以习异说者，皆未尽生理者也。百物受质，无久住之理，亦无长凝不运之气，故生死非有二义，使其果有一人生不复死，是即天地之乖气。

这两节都说得很有意思，前者揭穿那些戎马书生的丑态，深足为今人之鉴戒。我曾说过，中国要好，须得文人不谈武，武人不谈文，这比岳鹏举的不爱钱不惜死恐怕更是要紧。后者不信神仙，似亦是儒者常事，孔子所云未知生焉知死，未能事人焉能事鬼，都是实例，但在读书人兼做道士的后世这就很难说了，潘君还能说没有长生不老的事，此亦是不可及之一也。大抵潘少白本是山人者流，使其生在明末清初，其才情亦足以写《闲情偶寄》，若乾隆时亦可著《随园诗话》吧，不幸而生在道光时，非考据或义理无由自见，遂以道学做清客，然而才气亦不能尽掩，故有时透露出来，此在纯伪道学立场上未免是毛病，我们则以为其可取即在于此，有如阮芸台记妇人变猪，后足犹存弓样耳。此谑殊可悔，但操刀必割，住手为难，悔而仍存之，谑庵亦有先例。得罪道学家原所不计，南野翁亦解人，当不计较也。

二十五年十二月五日，于北平。

［附记］潘少白文中多言姚镜塘，极致倾倒，卷四有《水月庵记》，专为姚君记念而作，文亦甚佳。卷五《归安姚先生传》中有云：

> 喜读书吟步看山，与之酒，怡然不可厌，故与游者常满室。人至其居，蹙然病其贫，日就之，知其乐。尝曰，吾视百物皆有真趣。

其人似亦颇有意思。因搜求其文集读之，得光绪重刻《竹素斋集》十册，凡古文三卷，时文四卷，诗三卷，试帖一卷。文中关于少白的只有诗草画册跋各一首，亦殊平常，唯卷三有《酒诫》颇佳，列举五害，根据经训，谓宜禁戒，而后复有《书酒诫后》云：

余既作《酒诫》而饮之不节如故也，窃自惧，已而叹曰，事无巨细，法立而不能守者有矣，若无法安所守。乃立之法曰，平居偶饮以杯为节，昼则五之，夜则十之，宴集倍之，及数即止。苟可止，虽未及数，止也。

证以“与之酒怡然不可厌”之语，可以想见其为人。

卷二有《太上感应篇注序》，盖踵惠松崖柴省轩之后而补注者，书尚未得见，但既信“太上垂训”，即逃不出读书人兼做道士的陋俗，姚君于此对于少白山人不能无愧矣。

二十六年四月三日再记。

《双节堂庸训》

今年的新年过得不大好。二十五年的年底就患流行感冒，睡了好几天，到了二十六年的年头病算是好了，身体还是很疲软，更没有兴致去逛厂甸。可是在十日内去总是去了一趟，天气很好却觉得冷的很，勉强把东西两路的书摊约略一看，并不见什么想要的东西，但是也不愿意打破纪录空手而回，便胡乱花了三四毛钱，买了三册破书回来了。其中一本是《钦定万年历》，从天启四年甲子起至康熙一百年辛巳止，共百四十八年，计七十四页。这于我有什么用处呢？大约未必有，就只因为他是"殿板"而已。又二本是《双节堂庸训》六卷，《梦痕录节钞》一卷，都是汪龙庄的原著。我初见龙庄遗书时在庚子辛丑之交，以后常常翻阅，其《病榻梦痕录》三卷最有兴趣，可以消闲。近来胡适之瞿兑之诸先生都很推重这部《梦痕录》，说是难得的书，但据胡先生说他所藏的没有同治以前刻本，瞿先生著《汪辉祖传述》，卷首所模小像云据《龙庄遗书》，原刻亦不佳。寒斋藏书甚少，《梦痕录》虽想搜罗，却终未得到嘉庆中汪氏原刊本，今所有者只是道光六年（一八二六）桂林阳氏本，有像颇佳，又咸丰元年（一八五一）清河龚氏本，与《双节堂庸训》合刻，复次则同治元年（一八六二）盱眙吴氏即望三益斋本，合《学治臆说》等共为八种，此后《龙庄遗书》各刻本皆从此出，据吴序则《梦痕录》等又即从龚氏本出也。《梦痕录节钞》有同里何士祁序，无刻书年月，大抵是光绪中吧，书别无足取，不过也是一种别本，可以备《梦痕录》版本之数而已。

这回所买的书里我觉得最有兴趣的还是那一册《双节堂庸训》。这一本书看里边的避讳字是同治后刻本，但与望三益斋和官书局翻本又都有异，不知道是什么本子，本来内容反正一样，书眉上却有自称象曾者写上好些朱批，觉得好玩，所以就买了来。《庸训》自序很佩服《颜氏家训》与《袁氏世范》二书，故其所说亦多通达平实，但是我读了卷一《述先》中所记“显生妣徐太宜人轶事”，特别有感慨。汪君生十一年而孤，恃继母王氏生母徐氏食贫砺节，以教以养，及成立乃请得旌表，以双节名堂，刻《赠言》凡五十卷，又集录绍兴府属六县节孝贞烈事实为《越女表微录》五卷，盖其所感受者深矣。徐氏本是妾，出身微贱，如《梦痕录》上乾隆三十六年条下所记可以知道，而汪家亦甚穷苦，轶事虽只寥寥六则，却很深刻的表现出来，正可代表大多数女人的苦况。如第二至四则云：

> 病起出汲，至门不能举步。门故有石条可坐，邻媪劝少憩，吾母曰，此过路人坐处，非妇人所宜。倚柱立，邻媪代汲以归。
>
> 尝病头晕，会宾至，剥龙眼肉治汤，吾母煎其核饮之，晕少定，曰，核犹如是，肉当更补也。后复病，辉祖市龙眼肉以进，则挥去曰，此可办一餐饭，吾何须此。固却不食。羊枣之痛，至今常有馀恨。
>
> 吾母寡言笑，与继母同室居，谈家事外，终日织作无他语。既病，画师写真，请略一解颐，吾母不应。次早语家人曰，吾夜间历忆生平，无可喜事，何处觅得笑来。呜呼，是可知吾母苦境矣。

龙庄的文章，正如阮芸台所说，质而有法，上文所引又真实有内容，我读了不禁黯然，这里重复的说，于此可以见女人永劫的苦境矣。以我个人的阅历来说，我的祖母就是这样的。论地位她是三四品的命妇，虽然是继室[①]，只有一个女儿，出嫁后不久死了，论境遇也还不至那么奇穷，有忍饥终日的事情，但是在有妾的专制家庭中，自有其别的苦境，虽细目不同而结果还是仿佛，我看上文三则觉得似乎则则都是祖母的轶事，岂不奇哉。祖母不必出汲，但那种忍苦守礼如不坐石条，不饮龙眼汤的事，正是常有，至于生平不见笑容，更是不佞所亲知灼见者也。龙庄亲见其二母之苦辛，乃准当时的信仰，立双节坊求名人题咏以为报，更推及乡邑，纂《越女表微录》，亦即以为报母之一端。谈官诰序云：

举凡空闺孤嫠所谓天荒地老杳杳冥冥于同声一哭之中者，无一不破涕为笑，光日月而垂千春，然后孝子报母之心快然而无憾，非是则孝子之生也有涯，几长抱无涯之戚也，呜呼，至矣。

此种意思可以了解，可以同情，但是从现在看来，都是徒然。使人家牺牲其一生或一命，却以显扬崇祀为报酬，这是很可笑的事，在士人拚命赶考冀得一第虽倒毙闱中而无怨的时代却是讲得通的，因为情形相像，姑且不谈愚不愚民，我想也总是近于治病的“抽白面”吧。《越女表微录》卷一中有一则云：

瞿美斯妻来氏。美斯攻举子业，尝授徒山

中，闻学使试绍兴，冒暑往，则院门已扃，遂病。语来曰，吾以不与试至此，他日嗣我幸以秀才。言讫而卒。来拮据长二孤女，归之士族，见族子慕学者辄啬食用资其膏火，冀得成夫志也，然贫甚，讫无为之后者。

汪君文笔殊妙，但读之輾然亦复戚然，觉得天下可悲的喜剧此为其一，真令人如孟德斯鸠感到帝力之大如吾力之为微，不敢说“没有法子”亦当云“怎么办”（Chto djelatj?），而此问题乃比契耳尼舍夫斯奇（Chernyshevski）的或更艰难也。旌表与科第的麻醉中毒是一件事，麻醉外有何药剂又是一件事，要来讨论也觉得在微力以上。我没有力量打乡族间的不平，何暇论天下事，但我略知妇女问题以后，又觉得天下事尚可为，妇女的解放乃更大难，而此事不了，天下事亦仍是行百里的半九十，种种成功只是老爷们的光荣而已。我向来怀疑，女人小孩与农民恐怕永远是被损害与侮辱，不，或是被利用的，无论在某一时代会尊女人为圣母，比小孩于天使，称农民是主公，结果总还是士大夫吸了血去，历史上的治乱因革只是他们读书人的做举业取科名的变相，拥护与打倒的东西都同样是药渣也。日本驻屯军在北平天津阅兵，所谓日本国防妇人会的女人着了白围身（Apron）的服装跟了去站班，我就是外国人也着实感到不愉快。记得九年前我写一篇批评军官杀奸的文章，末了说：

> 我看那班兴高采烈的革命女同志，真不禁替她们冤枉。(你们高兴什么?)

这里更觉得冤枉。语云，佐饔得尝，佐斗得伤。附和革命，女人尚得不到好处，何况走别的路。蔼理斯（Ellis）的时代尽管已经过去，希耳息茀尔特（Hirschfeld）尽管被国社党所驱逐，他们的研究在我总是相信，其真实远在任何应制文章之上。希公在所著《男与女》中有云：

> 什么事都不成功，若不是有更广远的，更深入于社会的与性的方面之若干改革。

凯本德（Carpenter）云：

> 妇女问题须与工人的同时得解决。

此语非诳，却犹未免乐观，爱未必能同时成年也，虽然食可以不愁耳。不佞少信而多忧，虽未生为女人身可算是人生一乐，但读《庸训》记起祖母的事情，不禁感慨系之。精卫填海，愚公移山，美哉寓言。假我数年五百以观世变，庶几得知究竟。愧吾但知质与力，未能立志众生无边誓愿度也。

二十六年一月十六日试笔。

［补记］胡适之先生有一部《病榻梦痕录》，没有刻书年月，疑心是晚出的书。后来经我提议，查书中宁字都不避讳，断定是嘉庆时汪氏原刻，这样一来落后的反而在前，在我们中间是最早刻本了。

四月十八日校阅时记。

【锺校】

①“室”原作“母”。

《朴丽子》

实在全是偶然的事，我得到了一部《朴丽子》。朴丽子本名马时芳，河南禹州人，副榜举人，嘉庆道光间做过几任教官，他的经历就止于此。这部书正编九卷，续编十卷，光绪乙未大梁王氏刊行，由巩县孙子忠选钞，刻为各上下二卷，已非原书之旧了。这样说来，似乎书与人都无甚可取，——然而不然。邵松年序开头云：

> 朴丽子学宗王陆，语妙蒙庄。

老实说，我是不懂道学的，但不知怎的嫌恶程朱派的道学家，若是遇见讲陆王或颜李的，便很有些好感。冯安常著《平泉先生传》中叙其中年时事有云：

> 父菉洲公以拔萃仕江西，先生往省，过鄱阳湖遇暴风舟几覆，众仓皇号呼，先生言动如常。或问之曰，若不怕死耶？先生曰，怕亦何益，我讨取暂时一点受用耳。

这一节事很使我喜欢，并不是单佩服言动如常，实在是他回答得好，若说什么孔颜乐处，未免迂阔，但我想希腊快乐派哲人所希求的“无扰”（Ataraxia）或者和这心境有点相近，亦未可知罢。为求快乐的节制与牺牲，我想这是最有趣味也是最文明的事。倪云林因为不肯画花为张士信所吊打，不发一语，或问之，答曰，一说便俗。虽然并不是同类的事情，却也有相似的意趣。这些非出世的苦行平常我很钦佩，读马君传遂亦不禁向往，觉得此是解人，其所言说亦必有可听者欤。

> 余以菲才，性复戆愚，为世所弃，动多龃龉，块然寂处于深箐茅庵中，如是者亦有年。远稽于古，近观于今，农圃樵牧之属，街谈巷议之语，以及一饮一食一草一木之细微，有所感发于心，辄警惕咨嗟而书之，或情著乎笔端，或意含于辞外，其间未必悉合，要皆反身切己之言，得诸磨炼坚苦之中，其于涉世之方三折肱矣。朴，不材木也，花不足以悦目，实不足以适口，匠石数过之而弗觑也。丽者，丽于是以安身也。朴丽子其别号，遂以名其书。

这是他的自序，说得不亢不卑，却十分确实，我觉得在这里边实在有许多好思想好议论，值得我们倾听，其最重要的地方在于反对中国人的好说理而不近情，这样他差不多就把历来的假道学偏道学（即所谓曲儒）一齐打倒了。我读了不禁叹息，像朴丽子这样的讲道学，我亦何必一定讨厌道学乎。如卷上有云：

叔嫂不亲授受，礼与？曰，礼也。有叔久病行仆地，嫂掖之起，兄见之逐其妻。朴丽子在棘闱中，溷厕积垢不可当，出入者必闭其门。朴丽子出，适有入者至，因不闭，入者出亦不闭。朴丽子遥呼闭门，答曰，户开亦开，户阖亦阖，门固开，余岂宜阖。旁一人曰，天下事为此等措大所坏。人但知剑戟足以杀人，而不知学问之弊其害尤烈。何也？所持者正，所操者微也。正也难夺，微也易惑。语云，不药当中医，此语可以喻学。夫学焉而不得其通，固不如不学之为犹愈也。

又云：

有共为人佣耕者，馌以腊肉，或取其半置禾中曰，归以遗阿母。群佣相觑无言。一少年攫食之尽，谓曰，此肉乃主人劳苦我辈，片胾少润枯肠，而曰归以遗母，而母当自奉养，鸡鱼羊豕可胜市乎。众皆笑之。朴丽子曰，孝，懿德也，而不免见哂于众者，拂人情也。人情不可拂也，愦乱不可劝也，盛怒不可折也。余尝适野，佃户詈其乡人[①]，喝止之，则大怒狂悖不可当，余俯首去。盖彼盛暑大劳，气血奔放，吾言又值其盛怒，是吾之过也夫。

又云：

有款宾者，宾至，为盛馔，主人把盏，一少年独不饮。已数巡，主人起复把盏属之，辞。主人曰，余老且贱，诸君辱临皆尽欢，君不怜余之老而少假之，其有所不足于我乎？复手自洗爵，固劝之。座客皆曰，君素饮，今何靳于一盏。犹不饮。主人举爵口边曰，不饮，当使君之衣代饮。少年即取爵自浇其衣，酒淋漓滴地上。顷之，主人复前曰，席将终矣，君卒不赐之一饮乎。执爵笑曰，此而不饮，必自沃里衣则可。少年从容以左手启其衣领，以右手接杯从项灌下，嘻怡缓语，酒见于足。主人面如土，席遂散。一时哄传以为怪谈。亦有称少年为有力量者。或以告朴丽子，朴丽子曰，昔王敦客石崇家，崇以美人劝客酒，曰不饮则斩美人头。客无不醉者。至敦，敦不顾，已斩二人矣，敦亦漫不屑意，崇不能强，识者知其他日必作贼。敦以强胜，少年以柔胜，吾不知其所至矣。闻此少年好观诸先儒语录，见先儒节概多，彼必有所本矣。夫参著术苓可以引年，取壮夫及婴儿遍啖之，其亡也忽焉。故学不知道，圣经贤传皆足以遂非长傲，帝王官礼亦祸世殃民之资，可惧也已。近见一般后生少聪明露头角者，往往走入刚僻不近情一路，父兄之教不先，师友之讲不明，悠悠河流，何时返乎。昔有人善忧者，忧天之坠，人皆笑之。余今者之忧岂亦此与？悲夫！

以上三则的意思大旨相近，末一则却尤说得痛切。学不知道，即上文所谓学焉而不得其通，任是圣经贤传记得烂熟，心性理气随口吐出，苟不懂得人情物理，实在与一窍不通者无异，而又有所操持，结果是学问之害甚于剑戟，戴东原所谓以理杀人，真是昏天黑地无处申诉矣。其实近时也有礼教吃人这一句话，不过有些人似乎不大愿意听，以言出典的确还不古，所以我在这里改引了戴君的话，庶几更有根据。对于古人的事，朴丽子亦多所纠正，是更具体的例。《续朴丽子》卷上云：

呜呼怪哉，郭巨埋儿邓攸系子之事，斯可谓灭绝性根者矣！推其故，在好名。推好名之故，彼时乡举里选之制未尽废，在因名以媒利禄。此何异易牙竖刁之所为，而世顾称道弗衰，何也。

许武让产之事，赵惕翁诋其欺罔。世道不明，勉焉益厉，郭巨邓攸许武异行而同情，皆名教之罪人，必不容于尧舜之世，然安得如龙坡居士者与之读书论古哉。

又云：

《传》有之，孟子入室，因袒胸而欲出其妻，听母言而止。此盖周之末季或秦汉间曲儒附会之言也。曲儒以矫情苟难为道，往往将圣贤妆点成怪物。呜呼，若此类者岂可胜道哉。

又卷下论方孝孺有云：

盖孝孺为人强毅介特，嗜古而不达于事理，托迹孔孟，实类申韩，要其志意之所居，不失为正直之士，故得以节义终。然而七百馀口累累市曹，男妇老稚沥血白刃，彼其遗毒为已烈矣。

他把古代的孝子忠臣都加以严正的批判，此已非一般道学家所能为。他又怀疑亚圣大贤的行事，不好意思说他不对，便客气一点将这责任推给那些曲儒。这对于他们不算冤枉，因为如马君所说："曲儒以矫情苟难为道，往往将圣贤妆点成怪物。"那是确实无疑的。据我看来，其实这还是孟子自己干的事吧。我们没有时间的望远镜（与《玉历钞传》上的孽镜台又略不同，孽镜须本人自照，这所说的与空间的望远镜相似，使用者即能望见古昔，假如有人发明这么一个镜的话。）来作实地调查，那么也还只好推想。照我读了《孟子》得来的印象来说，孟子舆的霸气很重，觉得他想要出妻的事是很可能的，虽然其动机或者没有如郭鼎堂所写的那么滑稽亦未可知，自然我也并不想来保证。朴丽子的解说可以说是忠厚之至，但是他给孟子洗刷了这件不名誉事，同时也就取消了孟母的别一件名誉事了，因为我佩服孟母便是专为了她的明达，能够纠正孟子的错误，曾经写文章谈论过，若是传为美谈的三迁，我实在看不出好处来。孔子曾说："吾少也贱，多能鄙事。"我们不知道孔子小时候住在什么地方的近旁，玩过怎样的游戏，但据他自己的话，可以知道他所学会的未必都是俎豆之事这些东西。如为拥护孟母起见，我倒想说那三迁是曲儒所捏造的话，其中并无矫情苟难的分子，却有一种粗俗卑陋的空气，那样的老太太看去是精明自负的人，论理是要赞成出不守礼的新妇的，此在曲儒心眼中当然是理想的婆婆也。

闲话说得太远了，且回过来讲朴丽子的思想吧。在正编卷上有一则说得极好：

朴丽子曰：一部《周官》盛水不漏，然制亦太密矣，迨至末季变而加厉，浮文掩要，委琐繁碎，莫可殚举，若之何其能久也。秦皇继之以灭裂，焚之坑之，并先王之大经大法，一切荡然，无复留遗，斯亦如火炎昆冈玉石俱焚者矣。东汉节义，前代罕比，一君子逃刑，救而匿之者，破家戕生相随属而不悔，至妇人女子亦多慷慨壮烈，视死如归。及魏晋矜为清谈，以任诞相高，斯又与东汉风尚恰相反背矣。夫大饥必过食，大渴必过饮，此气机之自然也。君子知其然，故不习难胜之礼，不为绝俗之行。节有所不敢亏，而亦不敢苦其节也。情有所不敢纵，而亦不敢矫其情也。居之以宽恕，而持之以平易，是亦君子之小心而已矣。

又续编卷上云：

未信而劳且谏，民以为厉，君以为谤，甚无谓。然此等岂是恒流，圣贤垂训，于世间英杰特地关心。大抵自古格言至教决不苦物，即所谓杀身成仁舍生取义，到此时定以不得死为苦耳。古之人或视如归，或甘如饴，良有以耳。

此两节初看亦只似普通读书人语，无甚特别处，但仔细想来，却又举不出有谁说过同样的话，所以这还是他自己所独有的智慧，不是看人学样的说了骗人的。“夫大饥必过食”以下一节实是极大见识，所主张的不过庸言庸行，却注重在能实现，这与喜欢讲极端之曲儒者流大大的不同。至于说格言至教决不苦物，尤有精义，准此可知凡中国所传横霸的教条，如天王圣明臣罪当诛，父叫子亡不得不亡，饿死事小失节事大等，都不免为边见，只有喜偏激而言行不求实践的人，听了才觉得痛快过瘾，却去中庸已远，深为不佞所厌闻者也。古代希腊人尊崇中庸之德（sophrosyne），其相反之恶则曰过（hybris），中时常存，过则将革，无论神或人均受此律的管束，这与中国的意思很有点相像。这所谓自然观的伦理本来以岁时变化为基本，或者原是幼稚浅易的东西，但是活物的生理与生活，也本不能与自然的轨道背离，那么似乎这样也讲得过去，至少如朴丽子自序所说，在持躬涉世上庶几这都可以有用，虽然谈到救国平天下那是另一回事，“其间未必悉合”，或亦未可知耳。大家多喜欢听强猛有激刺的话的时候，提出什么宽恕平易的话头来，其难以得看客的点头也必矣，但朴丽子原本知道，他只是自己说说而已，并不希望去教训人，他的对于人的希望似亦甚有限也。《续朴丽子》卷上有一则可以一读：

金将某怒宋使臣洪皓，胁之曰，吾力海水可使之干，但不能使天地相拍耳。朴丽子与一老友阅此，笑谓之曰，兄能之。友以为戏侮，怒。徐谢之曰，兄勿怪，每见吾兄于愚者而强欲使之智，于不肖者而强欲使之贤，非使天地相拍而何？

二十六年一月。

［补记］《朴丽子》卷下又有一则云：

有乡先生者，行必张拱，至转路处必端立途中，转面正向，然后行，如矩。途中有碍，拱而俟，碍不去不行也。一日往贺人家，乘瘦马，事毕乘他客马先归。客追之，挽马络呼曰，此非先生马，先生下。先生愕然不欲下，客急曰，先生马瘦，此马肥。乃下，愠曰，一马之微，遽分彼我，计及肥瘦，公真琐琐，非知道者。而先生实亦不计也。后举孝廉，文名藉甚，谒其房师。房师喜，坐甫定，房师食烟举以让客。先生曰，门生不食烟，不唯门生不食，平生见食烟人深恶而痛绝之。师默然色变。留数日，值师公出，属曰，善照小儿辈。遂临之如严师。朴丽子曰，闻先生目近视，好读书，鼻端常墨。今观其行事，必有所主，岂漫然者哉。古人云，修大德者不谐于俗，先生岂其人与，何与情远耶。先生殁且数十年矣，今里闬间犹藉藉，而学士辈共称为道学云。

此文殊佳，不但见识高明，文章也写得好。我那篇小文中未及引用，今特补抄于此。原文后边有孙子忠批语云：

王道不外人情。情之不容已处即是理，与情远即与道远，何道学足云。

其实原本意思已很明了，虽然写得幽默，故此批语稍近于蛇足，但或者给老实人看亦未可少欤。

二月二十三日再记。

【锺校】

①原无“人”字，今增。

《人境庐诗草》

黄公度是我所尊重的一个人。但是我佩服他的见识与思想，而文学尚在其次，所以在著作里我看重《日本杂事诗》与《日本国志》，其次乃是《人境庐诗草》。老实不客气的说，这其实还有点爱屋及乌的意思，我收藏此集就因为是人境庐著作之故，若以诗论不佞岂能懂乎。我于诗这一道是外行，此其一。我又觉得旧诗是没有新生命的。他是已经长成了的东西，自有他的姿色与性情，虽然不能尽一切的美，但其自己的美可以说是大抵完成了。旧诗里大有佳作，我也是承认的，我们可以赏识以至礼赞，却是不必想去班门弄斧。要做本无什么不可，第一贤明的方法恐怕还只有模仿，精时也可乱真，虽然本来是假古董。若是托词于旧皮袋盛新蒲桃酒，想用旧格调去写新思想，那总是徒劳。这只是个人的偏见，未敢拿了出来评骘古今，不过我总不相信旧诗可以变新，于是对于新时代的旧诗就不感到多大兴趣，此其二。有这些原因，我看人境庐诗还是以人为重，有时觉得里边可以窥见作者的人与时代，也颇欣然，并不怎么注重在诗句的用典与炼字上，此诚非正宗的读诗法，但是旧性难改，无可如何，对于新旧两派之人境庐诗的论争亦愧不能有左右袒也。

那么，我为什么写这篇文章的呢？我这里所想谈的并不是文学上的诗，而只是文字上的诗，换一句话来说，不是文学批评而是考订方面的事情。我因收集黄公度的著作，《人境庐诗草》自然也在其内，得到几种本子，觉得略有可以谈谈的地方，所以发心写此小文，——其实我于此道也是外行，不胜道士代做厨子之感焉。寒斋所有《人境庐诗草》只有五种，列记如下：

一、《人境庐诗草》十一卷，辛亥日本印本，四册。

二、同上，高崇信、尤炳圻校点，民国十九年北平印本，一册。

三、同上，黄能立校，民国二十年上海印本，二册。

四、同上，钱萼孙笺注，民国二十五年上海印本，三册。

五、同上四卷，人境庐抄本，二册。

日本印本每卷后均书“弟遵庚初校梁启超复校”，本系黄氏家刻本，唯由梁君经手，故印刷地或当在横滨，其用纸亦佳，盖是美浓纸也。二十年上海印本则署“长孙能立重校印”，故称再版，亦是家刻本，内容与前本尽同，唯多一校刊后记耳。高尤本加句读，钱本加笺注，又各有年谱及附录，其本文亦悉依据日本印本。这里有些异同可说的，只有那抄本的四卷。我从北平旧书店里得到此书，当初疑心是诗草的残抄本，竹纸绿色直格，每半页十三行，中缝刻“人境庐写书”五字，书签篆文“人境庐诗草”，乃用木刻，当是黄君手笔，书长二十三公分五，而签长有二十二公分，印红色蜡笺上。但是拿来与刻本一比较，却并不一样，二者互有出入，可知不是一个本子。仔细对校之后，发见这抄本四卷正与刻本的一至六卷相当，反过来说，那六卷诗显然是根据这四卷本增减而成，所以这即是六卷的初稿。总计六卷中有诗三百五首（有错当查），半系旧有，半系新增，其四卷本有而被删者有九十四首，皆黄君集外诗也。钱萼孙笺注本发凡之十五云：

> 诗家凡自定之集，删去之作必其所不惬意而不欲以示人者，他人辑为集外诗，不特多事，且

违作者之意。黄先生诗系晚年自定者，集外之作不多，兹不另辑。

这也未始不言之成理，就诗言诗实是如此，传世之作岂必在多，古人往往以数十字一篇诗留名后世，有诗集若干卷者难免多有芜词累句，受评家的指摘。但如就人而言，欲因诗以知人，则材料不嫌太多，集外诗也是很有用的东西吧。黄能立君校刊后记中说，黄君遗著尚有文集若干卷，我们亦希望能早日刊布，使后人更能了解其思想与见识，唯为尊重先哲起见，读者须认清门路，勿拿去当作古今八大家文看才好耳。

抄本四卷的诗正与刻本的六卷相当，以后的诗怎么了呢？查《诗草》卷六所收诗系至光绪十七年（一八九一）止，据尤编《年谱》在十六年项下云：

先生自本年起始辑诗稿。自谓四十以前所作诗多随手散佚，庚辛之交随使欧洲，愤时势之不可为，感身世之不遇，乃始荟萃成编，借以自娱。

又黄君有《人境庐诗草自序》亦作于光绪十七年六月，那么这四卷本或者即是那时所编的初稿也未可知。（诗草自序在尤本中有之，唯未详出处，曾函询尤君，亦不复记忆。钱编年谱在十七年项下说及此序，注云：

> 先生《诗草自序》原刊集中不载，见《学衡》杂志第六十期，编者吴宓得之于先生文孙延凯者。

（诗话下引有吴君题跋，今不录。）罗香林君藏有黄君致胡晓岑书墨迹三纸，诗一纸，又《山歌》二页，老友饼斋（钱玄同）录有副本，曾借抄一通，其书末云：

> 遵宪奔驰四海，忽忽十馀年，经济勋名一无成就，即学问之道亦如鹢退飞，惟结习未忘，时一拥鼻，尚不至一行作吏此事遂废，删存诗稿犹存二三百篇。今寄上《奉怀诗》一首，又《山歌》十数首，如兄意谓可，即乞兄钞一通，改正评点而掷还之。弟于十月可到新嘉坡，寄书较易也。

下署八月五日。其《寄怀胡晓岑同年》一诗，末署"光绪辛卯夏六月自英伦使馆之搔蛘处书寄"。此诗今存卷四中，题曰《忆胡晓岑》，卷末一首为《舟泊波塞》，盖是年九月作。总计四卷本共有诗二百四十七首，与书中所言二三百篇之数亦大旨相合。《饮冰室诗话》所云丙申（一八九六）年梁任公何翙高诸人所见《人境庐集》，事在五年后，或当别是一本，不能详矣。

四卷本中有二十四题全删，共六十首，题目存留而删去其几首者有十六项，其最特别的是删改律诗为绝句，计有三项。卷一中《闻诗五妇病甚》云：

中年儿女更情长，宛转重吟妇病行。
四壁对怜消渴疾，十洲难觅反魂香。
每将家事探遗语，先写诗题说悼亡。
终日菜羹鱼酱外，帖书乞米药钞方。

刻本只存首尾两联，中四句全删。《为梁诗五悼亡作》及《哭张心谷》亦均如是，后者本有六首，其第三删改为七绝，即刻本的第一首是也。全删的诗在卷一中有《榜后》四首，《无题》三首，《游仙词》八首，皆可注意。今录《游仙词》于下，其后即列癸酉追和罗少珊诗，盖是同治十二年（一八七三）所作：

新声屡奏郁轮袍，混入群仙亦足豪，
夜半寥阳呼捉贼，九天高处又偷桃。
招摇天市闹喧哗，上界年年卜①榜花，
贯索囷仓齐及第，群仙校对字无差。
贝宫瑶阙矗千层，欲上天梯总未能，
但解淮王炼金术，便容鸡犬共飞升。
上清科斗字犹存，检点琅函校旧文，
亲写绿章连夜奏，微臣眼见异风闻。
臣朔当年溺殿衙，颇烦王母口赍嗟，

金盘玉碗今盛矣，定比东方罪有加。

星宫昨夜会群真，各自燃犀说旧因，

不识骑驴张果老，是何虫豸是前身。

新翻妙曲舞霓裳，何故人间遍播扬，

分付雏龙慎防逻，不容擫笛傍红墙。

懊侬掷米不成珠，十斛珠尘②又赌输，

至竟如何施狡狯，亲骑赤凤访麻姑。

又卷三中删去在日本所作诗二十二首，其中有“浪华内田九成以所著名人书画款识因其友税关副长苇原清风索题，杂为评论，作绝句十一首”。注云：“仿渔洋山人论诗绝句体例，并附以注。”也是颇有意思的，不知何以删去。还有好些有名的咏日本事物的诗，如刻本卷三中的《都踊歌》《赤穗四十七义士歌》等，抄本里也都没有，难道是后来补作的么，还是当初忘记编入，这个问题我觉得没有法子解决，现在只好存疑。

部分的删去的诗以卷一为多，如《乙丑十一月避乱大埔》八首删其四，《二十初度》四首删其三，《寄和周朗山》五首删其四，《山歌》十二删其四，《人境庐杂诗》十删其二，皆是。今举《杂诗》的第九、十两首为例：

扶筇访花柳，偶一过邻家。

高芋如人立，疏藤当壁遮。
絮谈十年乱，苦问长官衙。
春水池塘满，时闻阁阁蛙。

×

无数杨花落，随波半化萍。
未知春去处，先爱子规声。
九曲栏回绕，三叉路送迎。
猿啼并鹤怨，惭对草堂灵。

至于《山歌》的校对更是很有兴趣的事。抄本有十二首，刻本九，计抄本比刻本多出四首，而刻本的末一首却也是抄本中所没有的。这里碰巧有罗氏所藏黄君的手写本，共有十五首，比两本都早也更多，而且后边还有题记五则，觉得更有意思。今依手写抄录，略注异同于下：

自煮莲羹切藕丝，待郎归来慰郎饑，
为贪别处双双箸，只怕心中忘却匙。

案此首三本皆同，以后不复注明。饑字各本均如此，当依古直笺作飢。

人人要结后生缘，侬要今生结眼前，
一十二时不离别，郎行郎坐总随肩。

案，第二句抄本刻本均作“侬只今生结目前”。

买梨莫买蜂咬梨，心中有病没人知，

因为分梨故亲切，谁知亲切更伤离。

送郎送到牛角山，隔山不见侬自还，

今朝行过记侬恨，牛角依然弯复弯。

案，手写本第二句以下原作“望郎不见侬自还，今朝重到山头望，恨他牛角弯复弯”，后乃涂改如上文。刻本中无，抄本“自还”作“始还”，“弯复弯”作“弯又弯”。

催人出门鸡乱啼，送人离别水东西，

挽水西流不容易，从今不养五更鸡。

案，“不容易”抄本刻本均作“想无法”。“西流”钱本作“东流”，恐误。

邻家带得书信归，书中何字侬不知，

待侬亲口问渠去，问他比侬谁瘦肥。

案，“待”抄本刻本均作“等”。

一家女儿做新娘，十家女儿看镜光，

声声铜鼓门前打，打到中心只说郎。

案，第三句抄本刻本均作“街头铜鼓声声打”，“到”均作“着”。

嫁郎已嫁十三年，今日梳头侬自怜，

记得来时同食乳，同在阿婆怀里眠。

案，“来时”抄本刻本均作“初来”。

阿嫂笑郎学精灵，阿姊笑侬假惺惺，

笑时定要和郎赌，谁不脸红谁算赢。

案，手写本“惺惺”原作“至诚”，后改，“赌”写作“睹”[③]，当系笔误，抄本刻本均无。

做月要做十五月，做春要做四时春。

做雨要做连绵雨，做人莫做无情人。

案，抄本刻本均无。

见郎消瘦可人怜，劝郎莫贪欢喜缘，

花房胡蝶抱花睡，可能安睡到明年。

案，手写本“可能”原作“看他”，后改，抄本作“如何”。刻本无。

自剪青丝打作条，送郎亲手将纸包，

如果郎心止不住，请看结发不开交。

案，“送郎亲手”抄本刻本均作“亲手送郎”，“请看”均作“看侬”。

人人曾做少年来，记得郎心那一时，

今日郎年不翻少，却夸年少好花枝。

案，“却夸年少”抄本作“却夸新样”。刻本无。

人道风吹花落地，侬要风吹花上枝，

亲将黄蜡粘花去，到老终无花落时。

案，抄本有，刻本无。

第一香橼第二莲，第三槟榔个个圆，

第四芙蓉并枣子，有缘先要得郎怜。

案，“并”刻本作“五”，“有缘先要”作“送郎都要”。抄本无。其后有题记云：

十五国风妙绝古今，正以妇人女子矢口而成，使学士大夫操笔为之，反不能尔，以人籁易为，天籁难学也。余离家日久，乡音渐忘，辑录此歌谣往往搜索枯肠，半日不成一字，因念彼冈头溪尾，肩挑一担，竟日往复，歌声不歇者，何其才之大也。

钱塘梁应来孝廉作《秋雨庵随笔》，录粤歌十数篇，如“月子弯弯照九州”等篇皆哀感顽艳，绝妙好词，中有“四更鸡啼郎过广”一语，可知即为吾乡山歌。然山歌每以方言设喻，或以作韵，苟不谙土俗，即不知其妙，笔之于书殊不易耳。

往在京师，钟遇宾师见语，有土娼名“满绒遮”，与千总谢某昵好，中秋节至其家，则既有密约，意不在客，因戏谓汝能为歌，吾辈即去不复嬲。遂应声曰：“八月十五看月华，月华照见侬两家（原注，以土音读作纱字第二音），满绒遮，谢副爷。”乃大笑而去。此歌虽阳春二三月不及也。

又有乞儿歌，沿门拍板，为兴宁人所独擅

场。仆记一歌曰："一天只有十二时，一时只走两三间，一间只讨一文钱，苍天苍天真可怜。"悲壮苍凉，仆破费青蚨百文，并软慰之，故能记也。

仆今创为此体，他日当约陈雁皋、钟子华、陈再芗、温慕柳、梁诗五分司辑录，我晓岑最工此体，当奉为总裁，汇录成编，当远在《粤讴》上也。

黄君与晓岑书中有云：

惟出门愈远，离家愈久，而惓恋故土之意乃愈深。记阁下所作《枌榆碎事序》有云，吾粤人也，搜辑文献，叙述风土，不敢以让人。弟年来亦怀此志。

其欲作《客话献征录》，有记录方言之意，写《山歌》则即搜集歌谣也。此是诗人外的别一面目，不佞对之乃颇感到亲切，盖出于个人的兴趣与倾向，在大众看来或未必以为然耳。我所佩服的是黄公度其人，并不限于诗，因此觉得他的著作都值得注意，应当表章，集外诗该收集，文集该刻布，即《日本杂事诗》亦可依据其定本重印，国内不乏文化研究的机关与学者，责任自有所在，我们外行只能贡献意见，希望一千条中或有一个得中而已。

顺便说到《日本杂事诗》的版本，根据黄君所说，计有下列这几种：

一，同文馆集珍本，光绪五年己卯。

二，香港《循环报》馆巾箱本，同治[4]六年庚辰。

三，日本凤文书局巾箱本，未详。

四，中华印务局本。

五、六，日本东西京书肆本，均未详。

七，梧州自刊本，光绪十一年乙酉木刻。

八，长沙翻本，未详。

九，长沙自刊定本，光绪二十四年戊戌木刻。

以上一二七九各种寒斋均有，又有一种系翻印同文馆本，题字及铅字全是一样，唯每半页较少一行，又夹行小注排列小异，疑即是中华印务局本。尤《年谱》称“后上海游艺图书馆等又有活字本”，惜均未能详，黄君似亦不曾见到[5]，或者是在戊戌[6]作跋后的事乎。香港巾箱本当即是天南遁窟印本。钱《年谱》在光绪五年项下云：“夏，先生《日本杂事诗》出板。”小注云：“为京师译署官板，明年王韬以活字板排印于上海，为作序。”据王韬在光绪六年所撰序中云：

因请于公度，即以余处活字板排印。

又《弢园尺牍续编》卷一《与黄公度参赞书》中云：

自念遁迹天南，倏逾二十载，首丘之思，靡日或忘。

时为辛巳[7]，即光绪七年。可知所谓“余处”当在香港，而活字板与集珍亦本是一物，不过译署官板用二号铅字，遁窟本用四号耳。以言本文，则遁窟本似较差，注文多删改处，未免谬妄。自刻本皆木刻，最有价值，乙酉本有自序一篇，戊戌本有新自序及跋各一篇，都是重要的文献。《杂事诗》原本上卷七十三首，下卷八十一首，共百五十四首，今查戊戌定本上卷删二增八，下卷删七增四十七，计共有诗二百首。跋中自己声明道：

此乃定稿，有续刻者当依此为据，其他皆拉杂摧烧之可也。

至其改订的意思则自序中说得很明白，去年三月中我曾写一篇小文介绍，登在《逸经》上，现在收入文集《风雨谈》中，不复赘。这里还有一件很有意思的事，便是这定本《杂事诗》虽然是“光绪二十四年长沙富文堂重刊”（此字及书面皆是徐仁铸所写），其改订的时候却还在八年前，说明这经过的自序系作于“光绪十六年七月”，——与他作《人境庐诗草》自序在一个年头里，这是多么有意义的偶然的事。我们虽然不必像吴雨僧君对于诗草自序的那么赞叹，但也觉得这三篇序跋在要给黄君做年谱的人是有益的参考资料。话又说了回来，中国应做的文化研究事业实在太多，都需要切实的资本与才力，关于黄公度的著作之研究亦即其一，但是前途未免茫茫然，因为假如这些事情略为弄得有点头绪，我们外行人也就早可安分守己，不必多白费气力来说这些闲话了。

民国二十六年二月四日，在北平。

[附记] 去年秋天听说有我国驻日本大使馆的职员在席上大言《日本国志》非黄公度所作，乃是姚栋的原著云。日本友人闻之骇怪，来问姚栋其人的事迹，不佞愧无以对。假如所说是姚文栋，那么我略为知道一点，因为我有他的一部《日本地理兵要》，但可以断定他是写不出《日本国志》那样书的。姚书共十卷，题"出使日本随员直隶试用通判姚文栋谨呈"，其内容则十分之九以上系抄译日本的《兵要地理小志》，每节却都注明，这倒还诚实可取。黄书卷首有两广总督张之洞咨总理衙门文，中有云：

> 查光绪甲申年贵衙门所刊姚文栋《日本地理兵要》所载兵籍，于陆军但存兵数，海军存舰名而已，视黄志通叙兵制姚略相去奚啻什伯。

末又云："二书皆有用之作，惟详备精核，则姚不如黄。”此虽是公文，对于二书却实地比较过，所评亦颇有理，可见二者不但不同而且绝异也。绝异之点还有一处，是极重要的，即是作者的态度。姚君在例言中畅论攻取日本的路道，其书作于甲午之十年前，可知其意是在于言用兵，虽然单靠日本的一册《兵要地理小志》未必够用。黄书的意义却是不同的，他只是要知彼，而知己的功用也就会从这里发生出来。原版《日本国志》后有光绪二十二年（甲午后二年）的梁任公后序云：

中国人寡知日本者也。黄子公度撰《日本国志》，梁启超读之欣怿咏叹黄子，乃今知日本，乃今知日本之所以强，赖黄子也。又懑愤责黄子曰，乃今知中国，乃今知中国之所以弱，在黄子成书十年，久谦让不流通，令中国人寡知日本，不鉴不备，不患不悚，以至今日也。

《人境庐诗草》卷十《三哀诗》之一《袁爽秋京卿》篇中云：

马关定约后，公来谒大吏，
青梅雨翛翛，煮酒论时事。
公言行箧中，携有日本志，
此书早流布，直可省岁币。
我已外史达，人实高阁置，

我笑不任咎，公更发深喟。

钱《年谱》列其事于光绪二十一年，且引黄君从弟由甫之言曰：

爽秋谓先生《日本国志》一书可抵银二万万。先生怪问其故，爽秋云，此书稿本送在总署，久束高阁，除余外无人翻阅，甲午之役力劝翁常熟主战者为文廷式张謇二人，此书若早刊布，令二人见之，必不敢轻于言战，二人不言战则战机可免，而偿银二万万可省矣。

梁任公作黄君墓志中云：

当吾国二十年以前（案墓志作于宣统辛亥）未知日本之可畏，而先生此书（案指《日本国志》）则已言日本维新之功成则且霸，而首先受其冲者为吾中国，及后而先生之言尽验，以是人尤服其先见。

由是观之，黄姚二书薰莸之别显然，不待繁言。还有一层，《日本国志》实与《日本杂事诗》相为表里，其中意见本是一致。《杂事诗》定本序云：

余所交多旧学家，微言讽刺，咨嗟太息，充溢于吾耳，虽自守居国不非大夫之义，而新旧同异之见时露于诗中。及阅历日深，闻见日拓，颇悉穷变通久之理，乃信其改从西法，革故取新，卓然能自树立，故所作《日本国志》序论往往与诗意相乖背。久而游美洲，见欧人，其政治学术竟与日本无大异，今年日本已开议院矣，进步之速为古今万国所未有，时与彼国穹官硕学言及东事，辄敛手推服无异辞。使事多暇，偶翻旧编，颇悔少作，点窜增损，时有改正，共得诗数十首。

他自己说得很明白，就是我们平凡的读者也能感到，若说《日本国志》非黄公度之作，那么《杂事诗》当然也不是，这恐怕没有人能够来证明吧。本来关于《日本国志》应该专写一篇文章，因为其中学术志二卷礼俗志四卷都是前无古人的著述，至今也还是后无来者，有许多极好意思极大见识，大可供我抄录赞叹，但是目下没有这工夫，所以就在这里附说几句。

二月八日再记。

【锺校】

①“卜”原作“下”。

②“尘”原作“塵”。

④原无“治”字，今增。

【鄢校】

③“睹”原作“赌”。

⑤“到”原作“刻”。

⑥“戌”原作“戍”，下同。

⑦“巳”原作“己”。

《茨村新乐府》

《越缦堂日记》同治八年三月初七日条下云：

阅《茨村咏史新乐府》，上下二卷，山阴胡介祉著①。介祉字存仁，号循斋，礼部尚书衔秘书院学士兆龙之子，康熙间官湖北佥事道。乐府共六十首，皆咏明季事，起于《信王至》，纪庄烈帝之入立也，终于《钟山树》，纪国朝之防护明陵也，每首各有小序，注其本末。时明史尚未成，故自谓就传闻逸事取其有关治乱得失者谱之，今其事既多众著，诗尤重滞不足观，惟《阜城死》下注云云（案共钞录小注六篇），数事皆他书所罕见。是书为诸暨郭云也石学种花庄刻本，前有宿松朱书字绿序，后附李骥《书懿安皇后事》一首，《贺宿纪闻》一首。

鄙人不懂诗而有乡曲之见，喜搜集山阴会稽两县（今合称绍兴县，其名甚不佳，大有人名殿魁国梁之概，似只宜用于公文书也。）人的著作，因此这也是我所欲得的一部书。他原有刻本，不知怎的很是少见，好容易在近日才找到一册，却是抄本，价钱就未免不廉，六折计算之后还要十元以上，在敝藏越人著作中也差不多要算是善本了。看字体至早是乾隆时抄本，中多讹字阙字，虽经人用朱笔校过，仍不能尽，前有朱字绿王宓草二序，王序题癸卯，当系雍正元年，为刻本所无。序中只知茨村姓胡，不审为何许人，后又有甲辰年附记云：

> 去岁抄此乐府，并附录朱字绿序于其前，胡茨村不知其名，而字绿为之序，意以为亦皖人也。偶阅如皋许实夫《谷园印谱》，乃燕越胡介祉授梓，介祉号循斋，又号茨村，壬戌[②]春官湖北金宪。

陶凫亭编《全浙诗话》，第四十四卷中只引《西河诗话》卷五里的一条，题名胡少参，盖亦不知道他的名号，毛西河虽说起《谷园集》，但商宝意编《越风》三十卷亦未收录，似在乾隆时尚不甚为人所知。今其诗集仍未见，《新乐府》稍稍出现，此外所刻书有《谷园印谱》及《陶渊明集》，虽然价贵，在市面上还偶然可以遇到。

《咏史新乐府》六十首通读一过，很有感慨，觉得明朝这一个天下丢掉也很不容易，可是大家努力总算把他丢了。这些人里边有文武官员，有外敌，有流寇，有太监，有士大夫，坏的是阉党，好的是东林和复社之类。因为丢得太奇怪了，所以又令人有滑稽之感。如第三十九章《开城门》，小序云：

十九日辰时兵部尚书张缙彦[3]同太监曹化淳开齐化东便二门纳贼，后入朝，为太监王德化所殴，须髯尽拔，贼亦鄙之。

诗曰：

甲申三月十九日，崇祯历数当终毕，
城门不开贼亦进，穴地通天岂无术。
但恨奴侪受主恩，公然悖逆开城门，
解嘲幸拔须髯尽，好与群奄作子孙。

曹化淳原是钦命的守城太监，但太监姑且别论，若兵部尚书而开城门，则实是上好的笑话资料，欲加笔诛唯宜半以游戏出之，即腕力制裁亦唯拔尽其鸟嘴之毛一法差相称耳。第十九章《复社行》小序中云：

时复社主盟首推二张，皆锐意矫俗，结纳声气，间有依附窃名者，未免舆论稍滋异同，或为之语曰，头上一顶书厨，手中一串数珠，口内一声天如，足称名士。天如，溥字。书厨，以状巾之直方高大。而时尚可知矣。

又云：

自复社告讦后，更为大社，其势愈盛。丙子己[④]卯两秋闱，社中人大会于秦淮，酒船数百艘，梨园青楼无剩者，江南以为奇观。社中人出，市人皆避之，其举止观瞻可望而知也，即僮仆舆夫舟子皆扬扬有得色。凡以声气来官地方者，两司方面与治属诸生皆雁行讲钧礼，曰盟兄社弟，诸生报谒亦如之，宴会倒屣，无间朝暮。每督学临试，列荐郡邑士，动数十百，毋敢不录，所欲得首以下如响。社中人取科举游泮如寄，以故无论智愚争先□附，以至幸猎科名，恬不为怪，人亦视为故然。

夫复社只是考究做八股文的一个结社而已，而如此阔气，可谓盛矣，后世之人虽衷心仰望岂能[⑤]企及哉。又第四十四章《衣冠辱》小序云：

二十一日伪大学士牛金星出示晓谕，百官俱报职名，以凭量用，不愿者听其回籍，容隐不报者即以军法从事。一时朝官就义者虽多，而报名者更复不少。……然不用者桎梏囚首，愁惨痛楚，而用者高冠广袖，或徒步，或骏马，扬扬自得。有帅领文武官员，首倡劝进者。有献金求大拜，以管仲魏征自命者（原旁注云，项煜）。有被贼见召，出语人新主待我礼甚恭者（注，梁兆阳）。有撰劝进表登极诏，献急下江南策，逢人便说牛老师极为欢赏者（注，周钟）。有献平浙策，背刺骑驴，为贼驱使，未几被贼兵打折一臂者。有掌选得意，对人言宋堂翁待我极好者（注，杨起）。有贼先不用，夤缘赴选，向人言我明日便非凡人，好事为作《不凡人传》者（注，钱位坤）。其辱更甚于被刑焉。

据陈济生著《再生记》卷上记廿二日事云：

庶吉士魏学濂偶为贼兵损一臂，诉之伪将军，叱云，如此小事何必饶舌。

乃知上文所云骑驴背名刺者即是此人，是魏大中子也。又廿六日条下云：

又闻牛金星极慕周钟才名，召试《士见危授命论》，又有贺表数千言，颂扬贼美，伪相大加称赏。

由此可以知道牛老师的称呼的来源，这里觉得有点不可思议的，只是不知周钟的论文怎样下笔，牛老师的题目实在出得有点促狭呀。至于那帅领文武官员首先劝进的，我们知道是旧辅臣陈演，后来却又拿去夹打追赃了。《再生记》卷上记廿一日事有一节总记诸臣情状云：

廿一日报名，各官青衣小帽，于午门外匍匐听点，平日老成者，儇巧者，负文才者，哓哓利口者，昂昂负气者，至是皆缩首低眉，僵如木偶，任兵卒侮谑，不敢出声。

固然秀才遇见兵，有理说不清，士大夫之丑亦已出尽矣，我想要加添几句话，都觉得是无用，难怪胡君的诗之重滞也。如《诚意伯》一篇言刘孔昭杀叔及祖母，比附马阮作恶多端，终乃大掠满载入海，盖大逆十恶之徒，而诗亦只能说：

幸教白骨不归来，免污青田山下土。

实在没有什么话可说，天下最高与最下的东西，盖往往同是言语道断也。

二十六年二月十一日，在北平。

［补记］吴子修著《蕉廊脞录》卷五有一则云：

阅《流寇长篇》，卷十七纪甲申三月甲辰日一事云，京官凡有公事，必长班传单，以一纸列衔姓，单到写知字。兵部魏提塘，杭州人，是日遇一所识长班亟行，叩其故，于袖出所传单，乃中官及文武大臣公约开门迎贼，皆有知字，首名中官则曹化淳，大臣则张缙彦。此事万斯同面问魏提塘所说。按京师用长班传送知单，三百年来尚沿此习，特此事绝奇，思宗孤立之势已成，至中官宰相倡率开门迎敌，可为痛哭者矣。

案此事真绝奇，文武大官相约开门迎敌，乃用长班传送知单，有如知会团拜或请酒，我们即使知道官场之无心肝也总无论如何想像不到也。查《万年历》甲申三月朔己丑，则甲辰当是十六日，陈济生著《再生记略》卷上云：

> 十六日黎明破昌平州，焚十二陵享殿。自沙河而进，直犯平子门，终夜焚掠，火光烛天。是日上召对三次，辅臣及六部科道等官皆曰无害，借圣天子威灵，不过坐困几日，拨云雾见青天耳。退朝之后诸臣言笑自若，而巳时有权将军者发伪牌，定于十八日入城，行至幽州会馆同缴⑥，皆以为骇。

盖诸臣朝对之时长班亦正在分送传单也。

二月十九日再记于北平。

【鄢校】

①“著”原作“者”。

②“戌”原作“戍”。

③“张缙彦”原作“张彦缙”。

④“己”原作“巳”。

【锺校】

⑤“仰望岂能”原作“仰岂望能”。

⑥“会馆同缴”原作“会同馆缴”。

《莲花筏》

去年厂甸时我在摊上看见一本书，心里想买，不知怎的一转头终于忘记了，虽然这摊上的别的书也买了几本。不久厂甸就完了，我那本书便不再能够遇见。今年的旧元旦天气很好，往厂甸去看看，一看就在路西的书摊上发见了去年的那书，很是喜欢，赶紧买了回来。说起来也很平凡，这只是一册善书，名曰《莲花筏》，略为特别的是颐道居士陈文述所著而已。

我是颇有乡曲之见的人，近二十几年来喜搜集一点同乡人的著作，关于邵无恙我得到他的《历代名媛杂咏》三卷，《梦馀诗钞》稿本八卷，《镜西阁诗选》八卷。这末了一种乃是碧城仙馆所刻，题曰“陈文述编”，而实盖出其子妇汪允庄手，陈序述刻集的经过有云：

> 君之识余也，余子裴之甫在襁褓。君生平交游结纳，岂无一二知己，乃残缣断简一再散佚，

而掇拾裒辑转成于寒闺嫠妇之手。既请于余，复乞助于余内弟龚君绣山，端侄小米，及闺友席怡珊夫人，并质钗珥以资手民，始成此集，以供海内骚坛题品也。

这很使我注意汪女士的著作，便去找《自然好学斋诗钞》来看，结果只能得到同治年间的重刊本，虽然她夫妇追悼紫姬的《湘烟小录》的道光原刊却已找得了。诗我是不懂，但看诗钞觉得汪允庄有几点特色，一是钦佩高青丘而痛恨明太祖朱元璋，二是表扬张士诚及其部属，其三是从一出来的，即由高青丘而信吕岩及道教，是也。卷十，《雷祖诞辰恭赋二律》有云：消尽全家文字孽，莲花同上度人船。注云："《莲花筏》，翁大人所著。"又卷末《敬书翁大人莲花筏后》，有序云：

劝善之书，得未曾有，真救劫度世之宝筏也，既为跋语，更赋此诗："此是西方大愿船，花开玉井不知年。普陀大士瓶中露，太乙慈尊座下莲。欲度世人先度己，能回心地可回天。生机即是金丹诀，合证龙门救劫仙。"

注云："《莲花筏》销尽三千劫，小艮先生语也。"诗钞卷首颐道著《孝慧汪宜人传》中有云：

宜人之论文也，不袭前人成说，谓余古文不

受八家牢笼，足以自成一子，说理论事深切著明，此由见解通达，不尽关于文字。然端于翁文取《莲花筏》而不取《葵藿编》，以《莲花筏》劝人为善，体用兼备，闵真人谓救劫度世功行非凡，当非虚语。

这部《莲花筏》我终于得到手了，查其中并无汪女士跋，却有摩钵道人管守性序，有云：

今以所刻《莲花筏》见寄，意主度人，内蒙养、戒杀、善书、崇俭诸篇，现身说法，于人心当有裨益，至儒佛诸篇所论虽是，然未免好辨。

又云：

然则此书虽佳，是儒家之糟粕，而非佛道两家之上乘。君近日究心数学，虽出自希夷康节之传，于身心性命亦无益也。愿君之著书止于是也。

所说不同，却亦颇妙。如断章取义我倒宁取摩钵之说，盖鄙见以为此类善书都无益也，现在只因是颐道所作，故想略谈谈耳。

书中第一篇为《蒙养管见》，没有什么特别的地方，只是在儿童自四五至七八岁时所读书中，除《三字经》等以外尚有《感应篇》与《阴骘文》，注云："有以此二书为道家之书者，谬也。"第三篇《善书化劫说》力言善书的功用，以为儒道佛三家书皆弗及，又说应当尊信之理，有云：

> 《感应篇》，太上所作，太上即老子，道家之祖，孔子所从问礼也。《功过格》，太微仙君以授真西山者也。《阴骘文》《劝孝文》《劝惜字文》《蕉窗十则》，文昌帝君所作，科名主宰，士子所归依者也。《警世》《觉世》诸经，关帝所训，国家所崇奉，与先师并列者也。

颐道文集太贵，我尚未能买，但读其秣陵西泠诸诗集，觉得亦是慧业文人（此语姑且承误用之），今所言何其鄙陋耶。此事殊出意外，盖我平时品评文人高下，常以相信所谓文昌与关圣，喜谈果报者为下等，以为颐道居士当不至于此也。第二篇《戒杀生四则》，意亦平常，但因此也比较地可读。不佞本不反对戒杀，唯其理由须是大乘的，方有意思，若是吃了虾米只怕转生为虾米去还债，仍不免为鄙夫之见耳。此文刻于道光丙申（一八三六），次年丁酉刻《蓄鳌小录》，首列戒杀放生诗二十四首，此四则亦复收入，寒斋幸存一册。《莲花筏》中此外还有文十二篇，较重要的是《佛是药说》，论儒佛及儒道书共五，《答友人辟佛书》，今不具论。正如《蓄鳌小录》自序所说，“近日儒门之士，无宋人理障之习，兼通二氏”，原是好事，唯抛开《原道》而朗诵《阴骘文》，半斤等于八两，殊无足取。削发念佛，不佞自己无此雅兴，但觉得还自成一路，若炼金丹求长生的道教本至浅陋，及后又有《阴骘文》一派，则是方士之秀才化，更是下流，不能与和尚相比矣，读书人乃多沉溺于此，高明者且不能免，何哉。

陈颐道与汪允庄均师事闵小艮，即金盖老人是也，《自然好学斋诗钞》卷十有挽诗三首，序中略述闵氏生平，所著《金盖心灯》似最有名，今尚流传，唯价不廉而书又未必佳，终未搜得，不能言其内容何似。挽诗注云："先生证位玉斗右宫副相神玑明德真君。"又题《花月沧桑录》诗注有云："才女贤妇隶西王母，节女烈妇隶斗母。"集中此类语甚多，在我们隔教的人看去，很觉得荒漠无可稽考。据颐道著《汪宜人传》中云：

> 宜人茹荼饮蘖，所作皆单凫寡鹄之音。因巫言身后有孽，从金盖闵真人言，日对遗像诵《玉章经》，至临终不废。

又云：

> 宜人礼诵诚格神明，不可思议，其最明显者则在感通高祖青丘先生一事。宜人选刻明诗竟，论定三百年诗人以先生为第一，世无异议，尚以

不知身后真灵位业为恨，于吕祖前立愿诵《玉章经》十万八千卷，求为超升天界。诵既竣，为塑像期供奉葆元堂。……神降于坛，言久借境升天，掌法南宫，辅相北帝，至今无不知九天洪济明德真圆真人之为青丘先生，则宜人一诚之所感格也。

这里一部分的理由当如胡敬在《汪允庄女史传》中所云：

宜人素性高迈，于九流家言道释诸书蔑视不足学，及夫死子疾，茹荼饮蘖，稍稍为之，亦犹名士牢骚之结习也。

古今此种事极多，王荆石女亡而为昙阳子，屠赤水化女湘灵为祥云洞侍香仙子，叶天寥女小鸾则本是月府侍书女，尤为有名，即乡里老妪亦信巫言，以死者已任某土地祠从神为慰，却不知道土地爷实在不过是地保的职务而已。孔子曰，未知生，焉知死。又曰，未能事人，焉能事鬼。儒家者流宜知此意，但人世多烦恼，往往非有麻醉之助不能忍受此诸苦痛，虽贤者亦或不免，我们看到这些记述，初意虽欲责备，再加思量唯有哀矜之意耳。汪允庄信道而又特别尊崇高青丘，这却别有一种道理。颐道著传中云：

梅村浓而无骨，不若青丘澹而有品，遂奉高

集为圭臬。因觅本传阅之，见明祖之残害忠良暴殄名儒也，则大恨。犹冀厄于遭际而不厄于文字也，及观七子标榜，相沿成习，牧斋归愚选本推崇梦阳而抑青丘，则又大恨。……誓翻五百年诗坛冤案而后已，因是选《明诗初二集》也。

后又云：

宜人因先生（案即青丘）之故深有憾于明祖之残暴，而感张吴君相之贤为不可及也；谓张吴与明祖并起东南，以力不敌为明所灭，不能并其礼贤下士保全善类之良法美意而灭之也。

所著《元明逸史》虽不传，集中尚存《张吴纪》律诗二十五首，表章甚力，传中记其语曰：

吾前生为青丘先生弟子，既知之矣，抑岂张吴旧从事乎，何于此事拳拳不释也。

其实理由似不难解，此盖作者对于自己身世的非意识的反抗，不过借了高启与朱元璋与张士诚等的名义而已。青丘的诗我不甚了了，惟朱元璋的暴虐无道则夙所痛恶，故就事论事我也很赞成这种抗议，若为妇女设想，其反逆（或稍美其名曰革命亦可）的气分更可以了解，但尚未意识的敢于犯礼教的逆鳞耳。最初发端于高青丘的诗，终乃入于神仙家言，如治病抽“白面”（本当作麵，今从俗），益以陷溺，弄假当真。

传中述汪允庄临终之言云：

> 自言前世为元季张氏子，名佛保，师事青丘先生，并事张吴左丞潘公为云从，张吴亡，入山修道，赖青丘师接引入吕祖玉清宫为从官，奉敕降世，为明此段因果，今事毕，夙世之因亦尽，将归故处，令备舆马。

此是印度大麻醉梦中似的幻影，但我们虽少信亦安忍当面破坏之哉。谭友夏在《秋闺梦成诗序》中有云：

> 《伯兮》之诗曰，愿言思伯，甘心首疾。彼皆愿在愁苦疾痛中求为一快耳。若并禁其愁苦疾痛而不使之有梦，梦馀不使之有诗，此妇人乃真大苦矣。嗟乎，岂独妇人也哉。

我前讥颐道的鄙陋，细想亦是太苛，颐道晚年同一逆境，其甘心于去向梦与诗中讨生活，其实亦可理解，多加责备，使其大苦，自是不必。唯其所著书只可自遣，如云救劫度世，欲以持赠人，则是徒劳耳。一切善书皆如此，今只就《莲花筏》等说，实乃是尊重颐道居士与汪女士故也。

民国二十六年二月十六日，于北平。

［附记］前两天因为查阅张香涛所说的试帖诗的四宜六忌，拿出《辅轩语》来看，见《语行第一》中有

"戒讲学误入迷途"一项，其一则中云：

昨在省会有一士以所著书来上，将《阴骘文》《感应篇》，世俗道流所谓《九皇经》《觉世经》，与《大学》《中庸》杂糅牵引，忽言性理，忽言易道，忽言神灵果报，忽言丹鼎符箓，鄙俚拉杂，有如病狂，大为人心风俗之害，当即痛诋而麾去之。明理之士急宜猛省，要知此乃俗语所谓魔道，即与二氏亦无涉也。

又其第三则云：

士人志切科名，往往喜谈《阴骘文》《感应篇》二书。二书意在劝化庸愚，固亦无恶于天下，然二书所言亦有大端要务，今世俗奉此则唯于其末节碎事营营焉用其心，良可怪也。

《輶轩语》（其实这名称还不如原来的《发落语》为佳）成于光绪元年，去今已一周甲，张君在清末新党中亦非佼佼，今读其语，多有为现今大人先生所不能言或不及知者，不禁感叹。兹录其关于"魔道"的一部分于右，大有德不孤之喜，但一喜亦复正多一惧耳。

二月廿六日又记。

《谈史志奇》

去年秋天从书摊上买了两部《谈史志奇》，这书既不大高明，板也刻得很坏，就是原刊本也并不能好到哪里去，但是我却买了两部来。其一是原本，有两篇序文，一题褚传经，一是自序，题古吴姚芝，年月都是嘉庆二十五年秋七月，卷首云丙戌新镌，盖是六年后所刻也。又其一是光绪戊子翻刻本，序文仍旧而年代悉改作光绪十四年，署名一称同学弟松泉氏，自序则称汝东彦臣氏，序中本自相称述曰姚崑厓曰褚健庭，此处弄得牛头不对马嘴也并不管，可见作伪者之低能了。我买此书固然可以用为翻刻作伪举例之一，大有用处，其实以内容论也颇有意思，虽然浅陋原是难免。自序中云：

庚辰夏日余与友人褚健庭偶游郡序，见二少年对坐啜茗，高视纵谭，旁坐之客皆默然静听，或有窃慕其胸罗古今异闻而层出不穷者。余趋近听之，大抵所谭皆今人说部中事，或有询其古史所载恢诡谲怪之事则懵然不能对也。余因叹曰，喜新好奇固人情所必至，道史册所载奇事不特确有可据，且寓劝惩之意，倘斯人于稠人广众中亦能娓娓而谭，使闻之者有所警劝，岂不贤于徒夸牛鬼之奇哉。于是每与吾友憩息松阴，各谭史载奇异者一二事或三五事，聊以消暑，归即命子员澜志之，久之不觉成帙。

书凡八卷，分汉晋南北朝唐五代宋元明各为一卷，抄录史上奇事，劝惩未必有效，亦差可备览，与听说狐鬼的意味正自不同耳。阅卷四纪唐朝事中有“朱粲好食人肉”一则，甚感兴趣，查原文见《旧唐书》卷五十六《朱粲传》中，今略引抄于下：

朱粲者亳州城父人也，初为县佐史，大业末从军讨长白山贼，遂聚结为群盗。……军中罄竭，无所虏掠，乃取婴儿蒸而啖之，因令军士曰，食之美者宁过于人肉乎，但令他国有人，我何所虑。即勒所部，有掠得妇人小儿，皆烹之分给军士，乃税诸城堡取小弱男女，以益兵粮。隋著作佐郎陆从典、通事舍人颜愍楚因谴左迁并在南阳，粲悉引之为宾客，后遭饥馁，合家为贼所啖。

其后尚有唐高祖令段确迎劳相问答一节：

> 确因醉侮粲曰，闻卿啖人，作何滋味？粲曰，若啖嗜酒之人，正似糟藏猪肉。

此事甚有名，大似《世说新语》中材料，但是我对于上边所引特别感到兴味，便因在这里听到了颜公子的下落。段公大约那时与其从者数十人也做了糟猪肉，不过我不知道他是何许人，不大怎么关心。至于颜君则仿佛很有点面善。不佞爱读《颜氏家训》，常见讲到“思鲁等”，又卷三《勉学篇》中有云：

> 愍楚友婿窦如同从河州来，得一青鸟，驯养爱玩，举俗呼之为鹖。

《北齐书·文苑传》云：

> 之推在齐有二子，长曰思鲁，次曰愍楚，不忘本也。

原来颜之推的次子终于被流贼拉去当“掌书大人”，不久被吃了。在中国虽然太阳之下并无新事，不能算是什么意外，不过在我听了联想到《颜氏家训》，不禁感觉奇特有意思。颜之推在北齐很久，高洋们不是好相处的朋友（古人有言，非我族类，其心必异也），却幸得无事，而其子孙乃为本族人所果腹，岂非天下一件很好玩之事乎。不知道为什么中国常有人好食人肉，昔人曾类聚而论列之，如谢在杭在《文海披沙》

卷七中有“食人”一条，其文云：

隋麻叔谋朱粲常蒸小儿以为膳，唐高瓒燕妾食之，严震独孤庄皆嗜食人，然皆菹醢而食也，未有生啖者。至梁羊道生见故旧部被缚，拔刀刳其睛吞之。宋王彦升俘获胡人，置酒宴饮，以手裂其耳，咀嚼久之，徐引卮①酒，俘者流血被面，痛楚叫号，而彦升谈笑自若，前后凡啖数百人，即虎狼不若也。

《玉芝堂谈荟》卷十一“好食人肉”条下，徐君义慨叹云：

西方圣人之教，放生戒杀，不忍以口腹之欲残伤物命，乃世间一种穷奇窫窳，同类相残，至有嗜食人肉者。

其所列举较谢君更多亦较详，燕妾乃深州诸葛昂，高瓒只是分吃肥肉者，乃客而非主，上文盖误。徐君叙竟，断语云：“此诸人真人类之妖孽也。”第二节云：

至时值乱离，野无青草，民生斯时，弱肉强食，其性命不啻虫蚁。每阅史至此，不觉掩卷太息，岂真众生业障深重，致令阎浮国土化为罗刹之场耶。

所举凡有两类，其一是荒乱时军士以人为粮，如朱粲即其一例，其二乃人民自相买食。属于后者一类文中有云：

> 宋庄季裕《鸡肋编》，靖康[2]丙午岁金狄乱华，六七年间山东京西淮南等处荆榛千里，斗米至数千钱，盗贼官兵以至居民更互相食。人肉之价贱于犬豕，肥壮者一枚不过十五钱，全躯曝以为脯。又登州范温率忠义之人泛海至钱塘，有持至行在充食者，老瘦男子谓之饶把火，妇女少艾者名之为美羊[3]，小儿呼为和骨烂，又通目为两脚羊。

这些别名实在是定得很妙，但是人心真是死绝了。据威斯透玛克大著《道德观念之起源与发达》下册第四十六章“食人”中所说，吃人肉有几种不同的原因，如一是肉食缺乏，二是贪嘴，三是报复等。在上面所说的中国人的食人，其原因不出一或二，或是一与二合并。有如朱粲因缺粮而吃人，随后却说“食之美者宁过于人肉乎”，即其明证。北宋末因饥荒而人相食，却又定出这许多很妙的别名来，可见对于此物很有点嗜好，咽糠充饥的人一定不会替糠去取雅号，叫作什么黄金粉的。威斯透玛克文中有云：

> 人肉并不单是在非常时救急的食物，实在还多是当作美味看的。菲支岛人说到好吃的东西，最好的赞辞是说它鲜嫩像死人似的。在南海的别

的岛上，人肉都说是美味食品，比猪肉要好。澳洲的苦耳那人说其味胜于牛肉。在澳洲有些部落里，胖小孩是被认为一口好吃食，假如母亲不在旁，几个刚愎男子手中的木棍就会把他一下子结果了的。

这几句话似乎就在那里替我们古时的食人家解说他的意思，虽然原本所讲的都是所谓野蛮人的事情。听说罗思举在他自著的年谱里讲到军中乏食，曾经煮贼为粮，这是清末的事，以后大约没有了罢？

廿六年三月一日。

【锺校】

①“卮”原作“厄”。

②“靖康”原作“靖，康”。

③“美羊”《鸡肋编》作“不羡羊”。

《曝背馀谈》

从估客书包中得到一册笔记抄本，书名《曝背馀谈》，凡二卷五十纸，题恒山属邑天慵生著。卷首有归愚斋主人鲍化鹏序，后有东垣王荣武跋，说明著者为藁城秦书田，馀均不可详。又有一跋，盖是抄者手笔，惜跋文完而佚其末页，年月姓名皆缺，但知其系王荣武族孙，又据抄本讳字推测当在道光年中耳。鲍序有云：

> 一日手一编授余，名曰《曝背馀谈》，闲情之所寄也，或论古今人物，或究天地运会，或正名物之讹舛，或阐文章之奥妙，名章隽句，络绎间起，如行山阴道上应接不暇。

王跋云：

> 其间抒写性情，博核古今者十之六七，范模山水，评骘词章者十之三四，宏才俊思，郡人氏罕其匹也。

佚名跋中亦云：

> 卷分上下，约二万馀言，其中闲情逸致，隽语名言，率皆未经人道，诚绩学之士，亦未易才也。

三君所言真实不虚，我也愿加入为第四人，共致赞辞。秦君系乾隆时人，然则此书流传下来至少已有百五六十年，不知何以终未刊行，编刻《燕赵丛书》者亦未能搜罗了去，真是很可惋惜的一件事。

《曝背馀谈》里所收的都是短篇小文，看去平淡无奇，而其好处即在于此。普通笔记的内容总不出这几类：其一是卫道，无论谈道学或果报。其二是讲掌故，自朝政科名以至大官逸事。其三是谈艺，诗话与志异文均属之。其四是说自己的话。四者之中这末一类最少最难得，他无论谈什么或谈得错不错，总有自己的见识与趣味，值得听他说一遍，与别三家的人云亦云迥不相同。秦书田的《馀谈》我想可以算是这类笔记之一，虽然所见不一定怎么精深，却是通达平易。书上有眉批，对于著者颇能了解，系鲍化鹏笔。又有朱批[①]，署名於文叔，多所指摘，盖稍有学问而缺少见识者也。如卷上原文云：

> 李笠翁论花，于莲菊微有轩轾，以艺菊必百倍人力而始肥大也。余谓凡花皆可借以人力，而

菊之一种止宜任其天然。

於文叔批云：

李笠翁金圣叹何足称引，以昔人代之可也。

即此可知其是正统派，要他破费工夫来看这一类文章，实在本来是很冤枉的也。

这两卷书里我觉得可喜的文章差不多就有三分之一，今只选抄数则于下：

魏武临卒，遗命贮歌妓铜雀台及分香卖履事，词语缠绵，情意悱恻，摘录之作儿女场中一段佳话，便自可人，正不必于为真为伪之间枉费推敲也。

×

人之欲学仙者，以仙家岁月悠长，远胜人间耳。世传王质遇仙看弈，一局甫更，已历数世。如彼所言，终天地之期自仙家当之不过一年，是仙家之岁月更促于人世，蝉蜕羽化不反为多事乎。

×

人谓元代以词曲取士，此相传之妄，实未尝有是也。乃有明至今，小试之文俨然花面登场，无丑不备，士人而俳优矣。世风至此，尚可问乎？使大临吕氏见之，当不知如何叹息痛恨矣。

×

齐宣王以文王②囿七十里为问，其语甚痴，孟子答以刍荛雉兔云云，明说文王不特无七十里之囿，并无一里半里也。其如宣王之不解何，其如后人之不解何。阎百诗先生必指地以实之，认蕉鹿为真有而按梦以求，不多事乎。

×

有女同车，无是女也。无是女而是女之容色气韵佩服自为描绘，而又自为赞叹，历历活现如在目前者，心老回惑，眼花撩乱，高唐洛神之蓝本也。

×

仓庚之至率以二三月，见之经书及前人诗赋者无不皆然，韦苏州以夏莺为残莺（韦诗，残莺知夏浅），陆放翁诗，山深四月始闻莺，盖异之也。今二三月杳无至者，四五月中始寥寥一见耳。古今之不同也如此，世岂无有心如康节其人者乎，书之以俟参考。或曰，子北人也。西北地寒故后至，焉知南方之不如昔。曰，余所未至诚不知何如，然古今作诗赋者不尽南人，豳地尤属西北，是可征矣。

×

鹎鶋，报晓鸟也，一名夏鸡，燕赵呼茶鸡，音之转也。迟明报晓，鸣声清婉可爱，十数年尚闻之，今亦不至。独鹤归何晚，昏鸦已满林。乃知清妙难得，不独人为然也。

×

元宵灯火不知起于何时，其发端创始之人殊乏玲珑之致。月之清光既受夺于灯火，灯火之艳发复见淡于月色，欲两利俱存，反致两贤相厄。是可乏利导之术乎，请移之中和，洗此笨气。（原注，唐中叶以正月晦日为中和节。）

在这几则里都可以看出著者的感情与思想，他没有什么很特异之处，只是找到一个平常的题目，似乎很随便的谈几句，所说的话也大抵浅近平易，可是又新鲜真实，因为这是他自己所感到想到的，在这里便有一种价值。有些兴会上的话自然也不可太认真，如关于元宵批评得很对，不过要移到月底去却是行不通的事，盖元宵实在只是新年的一个掉尾，假如民间不能将新年的庆贺延长到整整一月，到得月末再来重起炉灶弄元宵，不特事实上有困难，恐怕实在也没有多大兴趣也。

《馀谈》中还有几条小文，大都是流连光景的，却也值得一读，抄录于后：

桃花以[3]种村落篱墙畦圃处为多，探之者必策蹇郊行始得其趣，笠翁之论妙矣，余无以易之而意与之别。彼之所重在真，吾之所重在远，梅红柳绿，正妙在远望处入画也。

×

春夏楼居，不惟免剥啄之烦，云霞宛宿檐端，竹巅木杪，晨昏与时鸟共语，亦自极仙人之乐也。

×

扫室焚香，读书之乐。吾谓室可勤扫，香可不焚。盖芸檀[4]之属，气味原自重浊，何况加之以烟。茶药味美，用以相代，庶于亲贤远佞之意有合乎。

×

余性爱山，而所居无山，以云巘代之。每当夕阳雨后，信步原野，游目横空，会心独得，兴致淋漓，不减陶靖节篱下悠然时也。

这是全书的末一节，我读了很喜欢也很感动，他真是率真的将真心给人家看，我们读笔记多少册不容易遇见一则，即此可见其难得可贵矣。

廿六年三月十三日，在北平记。

［附记］梁清远著《雕丘杂录》卷十有一则云：

古今纪载理之所无者，莫如王质烂柯一事。夫神仙之道欲其长生，正以日月悠长为可乐耳，乃一局棋便是人间数百年，数局棋便是人间数千年矣，由此言之，数万年不抵人间一两月，日月如是之速，神仙亦有何佳处耶。以此为寓言则可，以为实有此事，吾甚为神仙苦其短促也。

与上文学仙一节意相同，文亦有致。梁君亦是真定人，与天慵生是同乡，仿佛觉得滹南遗老的流泽尚不甚远也。

廿六年四月十八日校阅时记。

【锺校】

①“批”原作“砒”。

②原无“王”字，今增。

③“以”原作“一”。

④“檀”原作“台（檯）”。

《老学庵笔记》

吾乡陆放翁近来似乎很交时运，大有追赠国防诗人头衔的光荣。这件事且莫谈，因为我不懂诗，虽然我也是推尊放翁的，其原因却别有所在。其一因为放翁是我的小同乡。他晚年住在鲁墟，就是我祖母的母家所在地，他题《钗头凤》的沈园，离吾家不到半里路。五年前写《姑恶诗话》中曾说起过：

清道光时周寄帆著《越中怀古百咏》，其沈园一律末联云，寺桥春水流如故，我亦踟蹰立晚风。沈园早不知到哪里去了，现在只剩了一片菜园，禹迹寺还留下一块大匾，题曰古禹迹寺，里边只有瓦砾草莱，两株大树。但是桥还存在，虽是四十年前新修的圆洞石桥，大约还是旧址，题曰春波桥，即用放翁诗句的典故，民间通称罗汉桥，是时常上下的船步，船头脑汤小毛氏即住在桥侧北岸，正与废园隔河相对。越城东南一隅原也不少古迹，怪山，唐将军墓，季彭山故里，王玄趾投水的柳桥，但最令人惆怅者莫过于沈园遗址，因为有些事情或是悲苦或是壮烈，还不十分难过，唯独这种啼笑不敢之情（如毛子晋题跋所说），深微幽郁，好像有虫在心里蛀似的，最难为怀，数百年后，登石桥，坐石阑上，倚天灯柱，望沈园墙北临河的芦荻萧萧，犹为之怅然，——是的，这里怅然二字用得正好，我们平常大约有点滥用，多没有那样的切贴了。

放翁三十二岁时在沈园见其故妻，至七十五岁又有《题沈园》二绝句，其二云：

梦断香消四十年，沈园柳老不飞绵，

此身行作稽山土，犹吊遗踪一泫然。

这种情况是很可悲的。家祭无忘告乃翁的绝笔也本写得好，却不能胜于此二首，虽然比起岳鹏举的《满江红》来自然已经好多了。

再说第二个原因是我爱读他的游记随笔，即《老学庵笔记》与《入蜀记》。据《四库书目提要》云笔记十卷，续二卷，《书目答问》亦如是说，注云《津逮》本、《学津》本。但是我不幸一直没有能够见到续笔记，查毛子晋所刻的无论是《放翁全集》本或《津逮秘书》本的笔记，都只有十卷，民国八年上海活字本据穴砚斋钞宋本亦无续笔，大约这只在《四库》里才有，而《答问》所注乃不可靠也。《复堂日记补编》光绪四年十一月十五日条云：

> 阅《老学庵笔记》十卷，放翁文士多琐语，不足为著述也，然吾师吴和甫先生最嗜此书，盖才识与务观近耳。

谭复堂亦是清末之有学识者，而此言颇偏，盖其意似与《四库提要》相近，必须“轶闻旧典往往足备考证”，才是好笔记也。我的意思却正是相反，轶闻旧典未尝不可以记，不过那应该是别一类，为野史的枝流，若好的随笔乃是文章，多琐语多独自的意见正是他的好处，我读《老学庵笔[1]记》如有所不满足，那就是这些分子之还太少一点耳。

笔记中有最有意义也最为人所知的一则，即关于李和儿的炒栗子的事。文在卷二，云：

> 故都李和炒栗名闻四方，他人百计效之终不可及。绍兴中陈福公及钱上阁恺出使虏庭，至燕山，忽有两人持炒栗各十裹来献，三节人亦人得一裹，自赞曰，李和儿也。挥涕而去。

赵云松著《陔馀丛考》卷三十二“京师炒栗”一则云：

> 今京师炒栗最佳，四方皆不能及。按宋人小

说，汴京李和炒栗名闻四方，绍兴中陈长卿及钱恺使金，至燕山，忽有人持炒栗十枚来献，自白曰，汴京李和儿也，挥涕而去。盖金破汴后流转于燕，仍以炒栗世其业耳，然则今京师炒栗是其遗法耶。

所云宋人小说当然即是放翁笔记，唯误十裹为十枚，未免少得可笑也。郝兰皋著《晒书堂笔录》卷四中亦有“炒栗”一则云：

栗生啖之益人，而新者微觉寡味，干取食之则味佳矣，苏子由服栗法亦是取其极干者耳。然市肆皆传炒栗法。余幼时自塾晚归，闻街头唤炒栗声，舌本流津，买之盈袖，恣意咀嚼。其栗殊小而壳薄，中实充满，炒用糖膏（俗名糖稀），则壳极柔脆，手微剥之，壳肉易离而皮膜不粘，意甚快也。及来京师，见市肆门外置柴锅，一人向火，一人坐高兀子，操长柄铁勺，频搅之令匀遍。其栗稍大，而炒制之法和以濡糖借以粗沙，亦如余幼时所见，而甜美过之，都市衒鬻，相染成风，盘饤间称佳味矣。偶读《老学庵笔记》二言，云云。惜其法竟不传，放翁虽著记而不能究言其详也。

郝君所说更有风致，叙述炒栗子处极细腻可喜，盖由于对名物自有兴味，非他人所可及，唯与放翁原来的感情却不相接触，无异于赵云松也。《放翁题跋》卷三有《跋吕侍讲〈岁时杂记〉》云：

承平无事之日，故都节物及中州风俗人人知之，若不必记。自丧乱来七十年，遗老凋落无在者，然后知此书之不可阙。吕公论著实崇宁大观间，岂前辈达识固已知有后日耶。然年运而往，士大夫安于江左，求新亭对泣者正未易得，抚卷累欷。庆元三年二月乙卯，笠泽陆游书。

读此可知在炒栗中自有故宫禾黍之思，后之读者安于北朝与安于江左相同，便自然不能觉得了。但是这种文字终不能很多，多的大都是琐语，我也以为很有意思。卷三有一则云：

今人谓贱丈夫曰汉子，盖始于五胡乱华时。北齐魏恺自散骑长侍迁青州长史，固辞，文宣帝大怒曰，何物汉子，与官不受！此其证也。承平日有宗室名宗汉，自恶人犯其名，谓汉子曰兵士，举宫[2]皆然。其妻供罗汉，其子授《汉书》，宫中人曰，今日夫人召僧供十八大阿罗兵士，大保请官教点兵士书。都下哄然传以为笑。

又卷五有类似的一则云：

田登作郡，自讳其名，触者必怒，吏卒多被

榜笞，于是举州皆谓灯为火。上元放灯，许人入州治游观，吏人遂书榜揭于市曰，本州依例放火三日。

这两则在正统派看去当然是萧鹧巴曾鹁脯之流，即使不算清谈误国，也总是逃避现实了吧。但是仔细想来，这是如此的么？汉子的语源便直戳了老受异族欺侮的国民的心，“只许州官放火，不许百姓点灯”的俗谚岂不是至今还是存在，而且还活着么？这种看法容易走入牛角弯[③]的魔道里去，不过当作指点老实人出迷津的方便，如有用处，那么似乎也不妨一试的吧。又卷一有一则云：

晏尚书景初作一士大夫墓志，以示朱希真。希真曰，甚妙，但似欠四字，然不敢以告。景初苦问之，希真指“有文集十卷”字下曰，此处欠。又问欠何字，曰，当增“不行于世”四字。景初遂增“藏于家”三字，实用希真意也。

卷七有谈诗的一则云：

今人解杜诗但寻出处，不知少陵之意初不如是。且如岳阳楼诗：昔闻洞庭水，今上岳阳楼，吴楚东南拆[④]，乾坤日夜浮，亲朋无一字，老病有孤舟，戎马关山北，凭轩涕泗流。此岂可以出处求哉？纵使字字寻得出处，去少陵之意益远矣。盖后人元不知杜诗所以妙绝古今者在何处，但以一字亦有出处为工，如《西崑酬倡集》中诗何曾有一字无出处者，便以为追配少陵，可乎？且今人作诗亦未尝无出处，渠自不知，若为之笺注亦字字有出处，但不妨其为恶诗耳。

放翁的意见固佳，其文字亦冷隽可喜，末数语尤妙："不妨其为恶诗"，大有刀笔馀风，令人想起后来的章实斋，上节记"不行于世"虽非放翁自己的话，也有同样的趣味。卷八又有云：

北方民家吉⑤凶辄有相礼者，谓之白席，多鄙俚可笑。韩魏公自枢密归邺，赴一姻家礼席，偶取盘中一荔枝欲啖之，白席者遽唱言曰，资政吃荔枝，请众客同吃荔枝。魏公憎其喋喋，因置不复取，白席者又曰，资政恶发也，却请众客放下荔枝。魏公为一笑，恶发犹云怒也。

又卷二云：

钱王名其居曰握发殿。吴音握恶相乱，钱塘人遂谓其处曰，此钱大王恶发殿也。

连类抄录，亦颇有致。笔记中又有些文字，亦是琐语而中含至理，可以满正宗读者之意，如卷一云：

青城山上官道人，北人也。巢居食松麨，年九十矣，人有谒之者，但粲然一笑耳，有所请问则托言病瞶，一语不肯答。予尝见之于丈人观道院，忽自语养生曰，为国家致太平与长生不死，皆非常人所能然，且当守国使不乱，以待奇才之出，卫生使不夭，以须异人之至，不乱不夭皆不待异术，惟谨而已。予大喜，从而叩之，则已复言瞶矣。

上官道人其殆得道者欤，行事固妙，所说治国卫生的道理寥寥几句话，却最高妙也最切实。我想这或者可以说是黄老之精髓吧，一方面亦未尝不合于儒家的道理，盖由于中国人元是黄帝子孙而孔子也尝问礼于老聃乎。所可惜的是不容易做，大抵也没有人想做过，北宋南宋以至明的季世，差不多都是成心在做乱与夭，这实是件奇事。中国的思想大都可以分为道与儒与法，而实际上的政教却往往是非道亦非儒亦非法，总之是非黄老，而于中国最有益的办法恐怕正是黄老，如上官道人所说是也。读《老学庵笔记》而得救国之道，似乎滑稽之甚，但我这里并不是说反话。真理元是平凡的东西，日光之下本无新事也。

廿六年三月三十日。

【锺校】

①“笔”原作“学”。

②“宫”原作“官”。

③“弯”原作“湾”。

⑤“吉”原作“言”。

【鄢校】

④“坼”原文及《老学庵笔记》均作“拆”。

《银茶匙》

在《岩波文库》里得到一本中勘助（Naka Kansuke）的小说《银茶匙》（*Ginno Saji*），很是喜欢。这部小说的名字我早知道，但是没有地方去找。在铃木敏也所著文艺论抄《废园杂草》中有一篇“描写儿童的近代小说”，是大正十一年（一九二二）暑期讲习会对小学教员所讲的，第六节曰“幼时的影”，这里边说到《银茶匙》，略述梗概之后又特别引了后篇的两节，说是教员们应当仔细玩味的部分。铃木氏云：

> 现今教育多注全力于建立一种偶像，致忘却真实的生命，或过于拘泥形式，反不明了本体在于那边，这些实是太频繁的在发生的问题。总之那珂氏（案此系发表当时著者的笔名，读音与“中”相同）这部著作是描写儿童的近代小说中最佳的一种，假如读儿童心理学为现在教员诸君

所必需，那么为得与把握住了活的心灵之现实相去接触，我想劝大家读这《银茶匙》。

但是《银茶匙》我在以前一直未能找到，因为这原来是登在东京《朝日新闻》上的，后来大约也出过单行本，我却全不清楚。关于中勘助这人我们也不大知道，据岩波本和辻哲郎的解说云：

> 中氏在青年时代爱读诗歌，对于散文是不一顾视的。最初在大学的英文学科，后转入国文学科毕业。其时在日本正值自然主义的文学勃兴，一方面又是夏目漱石开始作家活动的时候。但中氏毫不受到这两方面的影响，其志愿在于以诗的形式表现其所独有的世界，而能刺激鼓动如此创作欲的力量在两者均无有也。中氏于是保守其自己独特的世界，苦心思索如何乃能以诗的形式表现出来。可是末了终于断念，以现代日本语写长诗是不可能的事，渐渐执笔写散文，虽然最初仿佛还感着委屈的样子。这样成功的作品第一部便是《银茶匙》的前篇。时为明治四十五年（一九一二）之夏，在信州野尻湖畔所写，著者年二十七岁。
>
> 最初认识这作品的价值的是夏目漱石氏。漱石指出这作品描写小孩的世界得未曾有，又说描

写整洁而细致，文字虽非常雕琢却不思议地无伤于真实，文章声调很好，甚致赞美。第二年因了漱石的推荐，这篇小说便在东京《朝日新闻》上揭载出来。在当时把这作品那么高的评价的人除漱石外大约没有吧。但是现在想起来，漱石的作品鉴识眼光[1]确实是很透彻的。

《银茶匙》的后篇是大正二年（一九一三）之夏在比睿山上所写。漱石看了比前篇还要高的评价，不久也在同一新闻上揭载出来了。

查《漱石全集》第十三卷“续书简集”中有几封信给中氏的，其中两三封关于他的小说，觉得颇有意思，如大正二年三月二十一日信云：

来书诵悉。作者名字以中勘助为最上，但如不方便，亦无可如何。那迦，奈迦，或勘助，何如乎？鄙人之小说久不结束，自以为苦，且对兄亦甚抱歉，大抵来月可以登出亦未可料。稿费一节虽尚未商及，鄙人居中说合，当可有相当报酬，唯因系无名氏故，无论如何佳妙，恐未能十分多给，此则亦希豫先了知者耳。

又大正三年十月二十七日信云：

病已愈，请勿念。前日昨日已将大稿读毕，觉得甚有意思。不过以普通小说论，缺少事件，俗物或不赞赏亦未可知。我却很喜欢，特别是在病后，又因为多看油腻的所谓小说有点食伤了，所以非常觉得愉快。虽然是与自己隔离的，却又仿佛很是密合，感到高兴亲近。坏地方自然也有，那只是世俗所云微疵罢了。喜欢那样性质的东西的人恐怕很少，我也因此更表示同情与尊敬。原稿暂寄存，还是送还，任凭尊便。草草不一。

这一封信大约是讲别的作品的，但是批评总也可以拿来应用。中氏是这样一个古怪的人，他不受前人的影响，也不管现在的流行，只用了自己的眼来看，自己的心来感受，写了也不多发表，所以在文坛上几乎没有地位，查《日本文学大辞典》就不见他的姓名，可是他有独自的境界，非别人所能侵犯。和辻氏说得好：

著者对于自己的世界以外什么地方都不一看，何况文坛的运动，那简直是风马牛了。因此他的作品也就不会跟了运动的转移而变为陈旧的东西，这二十五年前所作的《银茶匙》在现今的文坛上拿了出来，因此也依然不会失却其新鲜味也。

《银茶匙》前篇五十三章，后篇二十二章，都是写小学时代的儿童生活的，好的地方太多了，不容易挑选介绍，今姑且照铃木氏所说，把那两节抄译出来。这都在后篇里，其一是第二章云——

> 那时战争开始（案即甲午年中日之战）以来，同伴的谈话整天都是什么大和魂与半边和尚（案此为骂中国人的话）了。而且连先生也加在一起，简直用了嗾狗的态度，说起什么便又拉上大和魂与半边和尚去。这些使我觉得真真厌恶，很不愉快。先生关于豫让或比干的故事半声也不响了，永远不断的讲什么元寇和朝鲜征伐的事情。还有唱歌也单教唱杀风景的战争歌，又叫人做那毫无趣味的体操似的跳舞。大家都发了很，好像眼前就有不共戴天的半边和尚攻上来的样子，耸着肩，撑着肘，鞋底的皮也要破了似的踹着脚，在蓬蓬上卷的尘土中，不顾节调高声怒号。我心里仿佛觉得羞与此辈为伍似的，便故意比他们更响的歌唱。本来是很狭小的运动，这时碰来碰去差不多全是加藤清正和北条时宗，懦弱的都被当作半边和尚，都砍了头。在街上走时，所有卖花纸的店里早已不见什么千代纸或百囡囡等了，到处都只挂着炮弹炸开的龌龊的图画。凡耳目所遇到的东西无一不使我要生起气来。有一

回大家聚在一处，根据了传闻的谣言乱讲可怕的战争谈，我提出与他们相反的意见，说结局日本终要输给支那吧。这个想不到的大胆的预言使得他们暂时互相对看，没有话说，过了一会儿那虽可笑却亦可佩服的敌忾心渐渐增长，至于无视组长的权威，一个家伙夸张的叫道：

“啊呀啊呀，不该呀不该！”

另一个人捏了拳头在鼻尖上来擦了一下。又一个人学了先生的样子说道：

“对不起，日本人是有大和魂的。”

我用了更大的反感与确信，单独的担当他们的攻击，又坚决的说道：

“一定输，一定输！”

我在这喧扰的中间坐着，用尽所有的智慧，打破对方的缺少根据的议论。同伴的多数连新闻也不跳着看，万国地图不曾翻过，《史记》与《十八史略》的故事也不曾听见过。所以终于被我难倒，很不愿意的只好闭住嘴了，可是郁愤并不就此销失，到了下一点钟他们告诉先生道：

“先生，某人说日本要输！”

先生照例用那副得意相说：

“日本人是有大和魂的。”

于是又照平常破口大骂支那人。这在我听了好像是骂着我的样子，心里按纳不下，便说：

“先生，日本人如有大和魂，那么支那人也有支那魂吧。日本如有加藤清正和北条时宗，那么在支那岂不也有关羽和张飞么？而且先生平常讲谦信送盐给信玄的故事，教人说怜敌乃是武士道，为什么老是那样骂支那人的呢?”我这样说了把平日的牢骚一下子都倒了出来之后，先生装起脸孔，好久才说道：

“某人没有大和魂!”

我觉得两太阳穴的筋在跳着，想发脾气[2]了，可是大和魂的东西又不是可以抓出来给人家看的，所以只能这样红了脸沉默着了。

忠勇无双的日本兵后来虽然把支那兵和我的乖巧的豫言都打得粉碎，但是我对于先生的不信任与对于同辈的轻蔑却总是什么都没有办法。

其次是第十章云——

我比什么都讨厌的功课是一门修身。高小已经不用挂图，改用教科书了，不知怎的书面也龌龊，插图也粗拙，纸张印刷也都坏，是一种就是拿在手里也觉得不愉快的劣书。提起里边的故事来呢，那又都是说孝子得到王爷的奖赏，老实人成了富翁等，而且又毫无味道的东西。还有先生再来一讲，他本来是除了来加上一种最下等意味的功利的说明以外没有别的本领的，所以这种修身功课不但没有把我教好了一点儿，反会引起正相反对的结果来。那时不过十一二岁的小孩，知识反正是有限的，可是就只照着自己一个人的经验看来，这种事情无论如何是不能就此相信的。我就想修身书是骗人的东西。因此在这不守规矩要扣操行分数的可怕的时间里，总是手托着腮，或是看野眼，打呵欠，哼唱歌，努力做出种种不守规矩的举动，聊以发泄难以抑制的反感。

我进了学校以后，听过孝顺这句话，总有一百万遍以上吧。但是他们的孝道的根基毕竟是安放在这一点上，即是这样的受生与这样的生存着都是无上的幸福，该得感谢。这在我那样既已早感到生活苦的味道的小孩能有什么权威呢？我总想设法好好的问清楚这个理由，有一回便对于大家都当作毒疮似的怕敢去碰只是囫囵吞下的孝顺问题，发了这样的质问：

“先生，人为什么非孝顺不可呢？”

先生圆睁了眼睛道：

“肚子饿的时候有饭吃，身体不舒服的时候

有药喝，都是父母的恩惠。”我说道：“可是我并不怎样想要生活着。”

先生更显出不高兴的样子，说道：

“这因为是比山还高，比海还深。”我说道：

“可是我在不知道这些的时候还更孝顺呢。”

先生发了怒，说道：“懂得孝顺的人举手！”

那些小子们仿佛觉得这是我们的时候了，一齐举起手来。对于这种不讲理的卑怯的行为虽然抱着满腔的愤懑，可是终于有点自愧，红着脸不能举起手来的我，他们都憎恶的看着。我觉得很气，但也没有话可说，只好沉默。以后先生常用了这有效的手段锁住了人家质问的嘴，在我则[3]为避免这种屈辱起见，凡是有修身的那一天总是告假不上学校去了。

十年前有日本的美术家告诉我，他在学校多少年养成的思想后来也用了差不多年数才能改正过来。这是很有意义的一句话。《银茶匙》的主人公所说亦正是如此，不过更具体的举出忠孝两大问题来，所以更有意义了。

廿五年十二月十七日

［附记］近日从岩波书店得到中氏的几本小说集，其

中有一册原刊本的《银茶匙》，还是大正十四年（一九二五）的第一版，可见好书不一定有好销路也。

廿六年二月二十日再记。

【锺校】

①原无“光”字，今增。

③“则”原作“以”。

【鄢校】

②“气”原作“皮”。

《江都二色》

我颇喜欢玩具，但翻阅中国旧书，不免怅然，因为很难得看见这种纪载。《通俗编》卷三十一戏具条下引《潜夫论》云：

> 或作泥车瓦狗诸戏弄之具，以巧诈小儿，皆无益也。

我们可以知道汉朝小儿有泥车瓦狗等玩具，觉得有意思，但其正论殊令人读了不快。偶阅黄生著《字诂》，其“橅尘”一条中有云：

> 东方朔与公孙弘书（见《北堂书钞》）：何必橅尘而游，垂发齐年，偃伏以自数哉。橅与模同，今小儿以碎碗底（方音督）为范，抟土成饼，即此戏也。

又《义府》卷上《毁瓦画墁》一条中云：

> 《孟子》，毁瓦画墁。如今人以瓦片画墙壁为戏，盖指画墁所用乃毁裂之瓦耳。

不意在训诂考据书中说及儿童游戏之事，黄君可谓有风趣的人了。吾乡陶石梁著《小柴桑喃喃录》，卷上引《大智度论》云：

菩萨作是念，众生易度耳。所谓者何？众生所著皆是虚诳无实。辟如人有一子，喜不净中戏，聚土为谷，以草木为鸟兽，而生爱著，人有夺者，嗔恚啼哭。其父知已，此子今虽爱著，此事易离耳，小大自休。何以故？此物非真故。

经论所言自是甚深法理，就譬喻言亦正不恶，此父可谓解人。龙树造论，童寿译文，乃有如此妙趣，在支那撰述中竟不可得，此又令我怃然也。小大自休，这是对于儿童的多么深厚的了解，能够这样懂得情理，这才知道小儿的游戏并非玩物丧志，听童话也并不会就变成痴子到老去找猫狗说话，只可惜中国人太是讲道统正宗，只管叉手谈道学做制艺，升官发财蓄妾，此外什么都不看在眼里，著述充屋栋，却使我们隔教人失望，想找寻一点资料都不容易得。讲到儿童事情的文章，整篇的我只见过赵与时著《宾退录》卷六所记唐路德延的《孩儿诗》五十韵，里边有些描写得颇好，如第三十一联云：

折竹装泥燕，添丝放纸鸢。

又第四十六联云：

垒柴为屋木，和土作盘筵。

这所说的是玩具及游戏，所以我觉得特别有趣味，在民国十二年曾想编一本小书，就题名曰《土之盘筵》。但是，别的整篇就已难得见到，不要说整本的书了。手头有一本书，不过不是中国的，未免很是可惜。书名曰《江都二色》，日本安永二年刊，这是西历一七七三年，清乾隆三十八年癸巳[1]，在中国正是大开《四库全书》馆，删改皇侃《论语疏》的时候，日本却是江户平民文学的烂熟期，浮世绘与狂歌发达到极顶，乃迸发而成此玩具图咏一卷。大正十三年（一九二四）稀书复制会有重刊本，昭和五年（一九三〇）乡土玩具普及会又有模刻并加注释，均只二十六图，及后米山堂得完本复刻，始见全书，共有五十四图，有坂与太郎著《日本玩具史》，后编第五篇中悉收入。我所有的一册是乡土玩具普及会本，亦即有坂氏所刊，木刻着色，《玩具史》中则只是铜板耳。书有蜀山人序，北尾重政画图，木室卯云作歌，每图题狂歌一首，大抵玩具两件，故名二色，江都者江户也。全书所绘大约总在九十件以上，是一部很好的玩具图集，狂歌只算是附属品，却也别有他的趣味。这勉强可以说是一种打油诗，他的特色是在利用音义双关的文字，写成正宗的和歌的形式，却使琐屑的崇高化或是庄严的滑稽化，引起破颜一笑，讥刺讽谏倒[2]尚在其次。这与言语文字有密切的关系，好的狂歌是不能移译的，因为他的生命寄托在文字的身体里，不像志异书里所说的魂灵可以离开躯壳而存在，所以如道士夺舍这些把戏在这里是不可能的事。全书第五三图是一个猴子与狮子头，所题狂歌虽猥亵而颇妙，但是不能转译，并不为猥亵，实因双关语无可设法也。第五二图绘今川土制玩具，钟楼与茶炉各一，歌意可以译述，然而原本不大好，盖老实的连咏二物，便不免有点像中国的诗钟了。原歌云：

Yamadera no iriai no kane o hazuseshiwa
Hana chirasazi to chaya no kufu ka?

意云，把山寺的晚钟卸了，让花不要散的，是茶店的主意么。有坂君注释云：

> 花散则客不来。钟楼相近的樱花每因撞钟的回响而散落，故茶亭中人想了法子将钟卸下了。

这种土制玩具中国也并不是没有，十年前看护国寺庙会，曾买过好些，大抵是厨房用具，制作的很精巧，也有桥亭房屋之类，不过像是盆景中物，所以我不大喜欢。过了几年之后，这些小锅小缸之属却不见了，我只惋惜从前所买的一副也已经给小孩拿去玩都弄破了。没有人纪录，更没有人来绘图题诗。我们如要谈及，只能靠自己的见闻和记忆，宛如未有文字的民族一样。不，他们无文字却还有图画，如洞窟中所留遗的野象野牛的壁画，我们因为怕得玩物丧志，连这个也放下了。耳食之徒五体投地的致敬于《钦定四库全书》，那里就是在存目里也找不出一册《江都二色》来，等是东方文化，却于此很分出高下来了，北尾木室二公不但知道小大自休，还觉得大了也无妨要子，此正是极大见识极大风致，万非耳食之徒所能及其一根汗毛者也。

日本现时研究玩具的人很多，但其中当以有坂君为最重要。寒斋藏书甚少，所得有坂君著作约有十种，今依年代列举如此：

甲，《尾志矢风里》（*Oshaburi*），玩具图录，已出四册。一，东北篇，大正十五年（一九二六）。二，古代篇，同上。三，东京篇，昭和二年（一九二七）。四，东海道篇，昭和四年（一九二九）。尾志矢风里，汉字当写作“御舐”，据《大言海》云：东京婴儿玩具名，以木作，形小，中略细，两端成球形，乳婴便吮其球也。按此长寸许，形如哑铃，今多用胶质制，不及木雕远矣。

乙，《玩具绘本》，已出五册。一，《手习草纸》，昭和二年。二，《绘双六》。三，《御雏样》。四，《犬子》，均同上。五，《子守呗》，昭和三年。手习草纸此言习字本，书中所收皆为天神像，即菅[3]原道真，世传司文之神也。绘双六，略如中国的升官图，有种种花样。雏为上巳[4]女儿节所供养的人像，并备家具装饰。子守呗即抚[5]儿歌，玩具皆作少女负儿状。

丙，《伏见人形》，昭和四年。

丁，《玩具叶奈志》，已出三册。一，《今户人形》。二，《御祭》。三，《招手猫》，皆昭和五年。此书性质与《玩具绘本》相同，叶奈志写汉文作“话”字也，伏见、今户皆地名。祭即神社祭赛。猫常“洗脸”，举手抚其面，狐鼬等亦能屈掌当眼上，向后回顾，商家辄范土作猫招手状，以发利市，谓能招集顾客也，今所集者皆此类玩具。

戊，《日本雏祭考》，昭和六年。

己，《乡土玩具种种相》，同上。

庚，《日本玩具史》前后编，昭和六至七年。

辛，《日本玩具史篇》，昭和九年，雄山阁所出《玩具丛书》八册之一。同丛书中尚有《世界玩具史篇》一册，亦有坂君所撰，唯此系翻译贾克孙（N. Jackson）夫人原著，故今未列入。有坂君又译德人格勒倍耳（K. Grober）原著为《泰西玩具图史》，大约昭和六年顷刊行，我因已有原书英文本，故未曾搜集。

壬，《乡土玩具大成》，第一卷，东京篇，昭和十年。全书共三卷，第二、三卷尚未出。

癸，《爱玩》，昭和十年。这本名《爱玩家名鉴》，凡集录玩具研究或搜集家约三百人，可以知道乡土玩具运动的大势，有坂君编并为之序。此外有坂君又曾编刊杂志《乡土玩具》及《人形人》，皆由建设社出版。建设社主人坂上君与其时编辑员佐佐木君皆日本新村旧人，民国廿三年秋我往东京游玩，二君来访，因以佐佐木君绍介，八月一日曾访有坂君于南品川。其玩具藏名“苏民塔”在建筑中，外部尚未落成，内如小舍，有两层，列大小玩具都满，不及细看，目不给亦日不给也。在塔中坐谈小半日，同行的川内君记录其语，曾登入《乡土玩具》第二卷中，愧不能有所贡献，如有坂君问中国有何玩具书，我心里只记着《江都二色》，却无以奉答，只能老实说道没有。这“没有”自《四库全书》时代起直至现在都有效，不能不令人恧然，但在正统派或反而傲然亦未可知。苏民故事据古书说，有苏民将来者，家贫，值素盏呜尊求宿，欣然款待，尊教以作茅轮，疫时佩之可免，其后人民多署门曰苏民将来子孙，近世或有寺院削木作八角形，大略如塔，题字如上，售之以辟疾病。有坂君之塔即模其形，据云恐本于生殖崇拜，殆或然欤。《爱玩》卷首有此塔照相，每面题字有“苏民将来子孙人也”等约略可见。有坂君生于明治廿九年丙申（一八九六），在《爱玩》中自称是不惜与乡土玩具情死的男子，生计别有所在，却以普及乡土玩具为其天赋之职业，自己介绍得很得要领。日本又有清水晴风、西泽笛、亩川崎巨泉诸人亦有名，均为玩具画家，唯所作画集价值多极贵，寒斋不克收藏，故亦遂不能有所介绍也。

廿六年一月十七日于北平苦茶庵。

【锺校】

①“巳”原作“已”。

②“倒”原作“到”。

③“菅”原作“管”。

【鄢校】

④“巳”原作“已”。

⑤“抚”原作“橅”。

《凡人崇拜》

日本现代散文家有几个是我所佩服的，户川秋骨即是其一。据《日本文学大辞典》上说，秋骨本名明三，生于明治三年（一八七〇），专攻英文学，在庆应大学为教授。又云：

> 在其所专门的英文学上既为一方之权威，在随笔方面亦以有异色的幽默与讽刺闻名。以随笔集《文鸟》及其他改编而成的《乐天地狱》（昭和四年即一九二九）中，他的代表作品大抵集录在内。

但是我最初读了佩服的却是大正十五年（一九二四）出版的一册《凡人崇拜》，那时我还买了一本送给友人。这样买了书送人的事只有几次，此外有滨田陵的《桥与塔》，木下周太等的《昆虫写真生态》二册，又有早川孝太郎的《野猪与鹿与狸》，不过买来搁了好久还没有送掉，因为趣味稍偏不易找到同志也。

秋骨（户川君今老矣，计年已六十有七，大前年在东京曾得一见，致倾倒之意，于此当称秋骨先生，庶与本怀相合，唯为行文便利计，又据颜师古说举字以相崇尚，故今仍简称字。）的文章的特色是幽默与讽刺，这有些是英文学的影响，但是也不尽如是。他精通英文学，虽然口头常说不喜欢英文与英文学，其实他的随笔显然有英国气，不过这并不是他所最赏识的阑姆，远一点像斯威夫德，近的像柏忒勒（Butler）或萧伯讷吧，——自然，这是文学外行人的推测之词，未必会说得对，总之他的幽默里实在多是文化批评，比一般文人论客所说往往要更为公正而且辛辣。昭和十年（一九三五）所出随笔集《自画像》的自序中云：

> 我曾经被人家说过，你总之是一个列倍拉列斯忒（自由主义者）吧。近来听说列倍拉列斯忒是很没有威势了，可是不论如何，我以是一个列倍拉列斯忒为光荣的。从我自己说来毫无这些麻烦的想头，若是旁观者这样的说，那么就是如此也说不定。注重个性咧，赶不上时势咧，或者就是如此也未可知吧。赶不上时势什么都没有关系，我只以是一个列倍拉列斯忒即自由主义者的事衷心认为光荣的。

又被一个旁观者说过，说是摩拉列斯忒。你到底是一个摩拉列斯忒，这是或人说的话。我向来是很讨厌摩拉列斯忒的。摩拉列斯忒，换句话说就是道德家。阿呀，这样的东西真是万不敢领教，我平常总是这么想。可是人家说，你说万不敢领教这便正是摩拉列斯忒的证据。被人家这样说来，那么正是如此也未可定。……假如这是天性，没有法子，除了死心塌地承受以外更无办法。那么这就是说天成的道德家了，如此一说的确又是可以感谢的事。但是此刻现在谁也不见得肯把我去当作思想善导的前辈吧。若是不能成为思想善导家那样重要而且有钱赚的人，即使是道德家，也是很无聊的。总之是讨厌的事。那么摩拉列斯忒还是讨厌的，不过虽是讨厌而既然是天性，则又不得不死心塌地耳。

因为他是自由主义者，是真的道德家，所以所写的文章如他自己所说多是叫道德家听了厌恶，正人君子看了皱眉的东西，这一点在日本别家的随笔是不大多见的，我所佩服的也特别在此。专制，武断及其附属，都是他所不喜欢的，为他的攻击的目标。讽刺是短命的，因为目标倒了的时候他的力量也就减少，但幽默却是长命的，虽然不见得会不死，虽然在法西斯势力下也会暂时假死。《自画像》的一篇小文中有云：

> 特别最近说是什么非常时了，要装着怪正经的脸才算不错，很有点儿可笑。而且又还乱七八糟的在助成杀伐的风气。大抵凶手这种人物都是忘却了这笑的，而受别人的刃的也大都是缺少这幽默的人。

秋骨的文章里独有在非常时的凶手所没有的那微笑，一部分自然无妨说是出于英文学的幽默，一部分又似日本文学里的俳味，虽然不曾听说他弄俳句，却是深通"能乐"，所以自有一种特殊的气韵，与全受西洋风的论文不相同也。

秋骨的思想的特点最明显的一点是对于军人的嫌憎。《凡人崇拜》里第二篇文章题曰《定命》，劈头便云：

> 生在武士的家里，养育在武士风的环境里，可是我从小孩的时候起便很嫌憎军人。

后边又云：

> 小时候遇见一位前辈的军官，他大约是尝过哲学的一点味道的吧，很不平的说，俺们是同猪猡[1]一样，因为若干年间用官费养活，便终身被捆在军籍里，被使令服役着。我在旁听到，心想这倒确实如此吧，虽然还年幼心里也很对他同

情。那人又曾愤慨的说，某亲王同自己是海军学校的同窗，平等的交际着的，一毕了业某亲王忽然高升，做学生时候那了无隔阂的态度全没有了，好像换了人似的以昂然的态度相对。我又在旁听到，心想这倒确实如此吧。于是我的军人嫌憎的意思更是强固起来了。

同文中又有一节云：

在须田町的电车交叉点立着一座非常难看相的叫做广濑中佐的海军军人的铜像。我曾写过一篇铜像论，曾说日本人决不可在什么铜像上留下他的尊相，须田町的那个大约是模仿忒拉法耳伽街的纳耳逊像的吧，广濑中佐原比纳耳逊更了不得，铜像这物事自然也是须田町的要比英国更好，总之不论什么比起英国来总是日本为胜，我在那论内说过。只是很对不起的，要那中佐的贵相非在这狭隘热闹之区装出那种呆样子站着不可，这大约也就是象征那名誉战死的事是如何苦恼的吧。同样是立像，楠正成则坐镇于闲静地方，并不受人家的谈论，至于大村则高高的供在有名地方，差不多与世间没交涉。惟有须田町的先生乃一天到晚俯视着种种形相，又被彼等所仰视着，我想那一定是烦得很，而且也一定是苦得很吧。说到忒拉法耳伽街，那是比须田町还要加倍热闹的街市，但是那里的纳耳逊却立在非常高的地方，群众只好远远的仰望，所以不成什么问题。至于吾中佐，则就是家里的小孩见了也要左手向前伸，模仿那用尽力气的姿势，觉得好玩。还有今年四岁的女孩，比她老兄所做的姿势更学得可笑，大约是在中佐之下的兵曹长的样子吧，弯了腰，歪了嘴，用了右手敲着臀部给他看。盖兵曹长的姿势实在是觉得这只手没有地方放似的，所以模仿他的时候除了去拍拍屁股也没法安顿吧。就是在小孩看了，也可见他们感觉那姿态的异像。但是这些都没有关系，中佐的了不得决非纳耳逊呀楠呀大村呀之比。他永久了不得。只看日本[②]国中，至少在东京市的小学校里，把这人当作伟人的标本，讲给学生听，那就可以知道了罢。

所以学生们回家来便问父亲为什么不做军人，答说，那岂不是做杀人的生意么？从这边说是杀人，从那边想岂不是被杀的生意么？这种嫌憎军人的意思在日本人里并不能说是绝无，但是写出来的总是极少，所以可以说是难得。广濑中佐名武夫，日俄战争中死于闭塞旅顺之役，一时尊为军神，铜像旧在四叉路中心，大地震后改正道路，已移在附近一横街中，不大招人悯笑矣。前文不记年月，但因此可知当在大正十二年（一九二三）之前也。

同书中第四篇曰《卑怯者》，在大地震一年后追记旧事，有关于谣传朝鲜人作乱，因此有许多朝鲜人（中国人亦有好些在内）被杀害的事一节云：

> 关于朝鲜人事件是怎么一回事，我一点儿都不明白。有人说这是因为交通不完备所以发生那样事情，不过照我的意思说来，觉得这正因为交通完备的缘故所以才会有那样事情。假如那所谓流言蜚语真是出于自然的，那么倒是一种有意思的现象，从什么心理学社会学各方面都有调查研究的价值，可是不曾听说有谁去做这样的事。无论谁都怕摸身上长的毒疮似的在避开不说，这却是很奇怪。不过如由我来说，那么这起火的根元也并不是完全不能知道。那个事件是九月二日夜发生的事，我还听说同日同时刻在桦太岛方面也传出同样的流言。恐怕桦太是不确的也未可知，总之同日同时那种流言似乎传到很有点出于意外的地方去。无论如何，他总有着不思议的传播力。依据昨今所传闻，说是陆军曾竭力设法打消那朝鲜人作乱的流言云云。的确照例陆军的好意

是足多的了。可是去年当时，我直接听到那流言，却是都从与陆军有关系的人的嘴里出来的。

大地震时还有一件丑恶绝伦的事，即是宪兵大尉甘粕某杀害大杉荣夫妇及其外甥一案，集中也有一篇文章讲到，却是书信形式，题曰《寄在地界的大杉君书》。这篇文章我这回又反复读了两遍，觉得不能摘译，只好重复放下。如要摘译，可选的部分太多，我这小文里容不下，一也。其二是不容易译，书中切责日本军宪，自然表面仍以幽默与游戏出之，而令读者不觉切齿或酸鼻，不佞病后体弱，尚无此传述的力量也。我读此文，数次想到斯威夫德上人，心生钦仰，关于大地震时二大不人道事件，不佞孤陋寡闻未尝记得有何文人写出如此含有义愤的文章，故三年前在东京山水楼饭店见到户川先生，单独口头致敬崇之词，形迹虽只是客套，意思则原是真实耳。

上面所引多是偏于内容的，现在再从永井荷风所著《东京散策记》中另外引用一节，原在第八章《空地》中的：

户川秋骨君在《依然之记》中有一章曰《霜天的户山之原》。户山之原是旧尾州侯别庄的原址，那有名的庭园毁坏了，变作户山陆军学校，附近便成为广漠的打靶场。这一带属于丰多摩郡，近几年前还是杜鹃花的名胜地，每年人家稠密起来，已经变成所谓郊外的新开路，可是只有那打靶场[3]还依然是原来的样子。

秋骨君曰：

户山之原是在东京近郊很少有的广大的地面。从目白的里边直到巢鸭泷之川一面平野，差不多还保留着很广阔的武藏野的风致。但是这平野大抵都已加过耒耜，已是耕种得好好的田地了，因此虽有田园之趣而野趣则至为缺乏。若户山之原，虽说是原，却也有多少高下，有好些树木。大虽是不大，亦有乔木聚生，成为丛林的地方。而且在此地一点都不曾加过人工，全是照着那自然的原样。假如有人愿意知道一点当初武藏野的风致，那么自当求之于此处吧。高下不平的广大的地面上一片全是杂草遮盖着，春天采摘野菜，适于儿女的自由游戏，秋天可任雅人的随意散步。不问四季什么时候，学绘画的学生携带画布，到处描写自然物色，几无间断。这真是自然之一大公园，最健全的游览地，其自然与野趣全然在郊外其他地方所不能求得者也。在今日形势之下，苟有馀地则即其处兴建筑，不然亦必加耒耜，无所踌躇，可是在大久保近傍何以还会留存着这样几乎还是自然原状的平野的呢？很奇怪，此实为俗中之俗的陆军之所赐也。户山之原乃是陆军的用地。其一部分为户山学校的打靶场，其一部分作练兵场使用。但是其大部分差不多是无用之地似的，一任市民或村民之蹂躏。骑马的兵士在大久保柏木的小路上列队驰骤，那是很讨厌的事，不，不是讨厌，是叫人生气的。把天下的公路像是他所有似的霸占了，还显出意气轩昂的样子，这是吾辈平民所甚感觉不愉快的。可是这给予不愉快的大机关却又在户山之原把古昔的武藏野给我们保留着。想起来时觉得世上真是不思议的互相补偿，一利一害，不觉更是深切的有感于应报之说了。

这里虽然也仍说到军人，不过重要的还是在于谈户山之原，可以算作他这类文章的样本。永井原书成于大正四年（一九一五），此文的著作当在其前，《依然之记》我未曾见，大约是在《文鸟》集中吧，但《户山之原》一篇也收在《乐天地狱》中。秋骨的书我只有这几册：

一、《凡人崇拜》，一九二六。

二、《乐天地狱》，一九二九。

三、《英文学笔录》，一九三一。

四、《自然、多心、旅行》，同上。

五、《都会情景》，一九三三。

六、《自画像》，一九三五。

这里所介绍的只是一点，俟有机会当再来谈，或是选译一二小文，不过此事大难耳。

廿六年二月廿三日于北平。

【锺校】

①“猡”原作“啰”。

【鄢校】

②此处原衍“中”字，已删。

③原无“场”字，今增。

《浮世风吕》

偶读马时芳所著《朴丽子》，见卷下有一则云：

朴丽子与友人同饮茶园中，时日已暮，饮者以百数，坐未定，友亟去。既出，朴丽子曰，何亟也？曰，吾见众目乱瞬口乱翕张，不能耐。朴丽子曰，若使吾要致多人，资而与之饮，吾力有所不给，且又不免酬应之烦，今在坐者各出数文，聚饮于此，浑贵贱，等贫富，老幼强弱，樵牧厮隶，以及遐方异域，黥劓徒奴，一杯清茗，无所参异，用解烦渴，息劳倦，轩轩笑语，殆移我情，吾方不胜其乐而犹以为饮于此者少，子何亟也。友默然如有所失。友素介特绝俗，自是一变。

这篇的意思很好，我看了就联想起户川秋骨的话来，这是一篇论读书的小文，收在他的随笔选集《乐天地狱》（一九二九）里，中有云：

> 哈理孙告戒乱读书的人说，我们同路上行人或是酒店里遇见不知何许人的男子便会很亲近的讲话么，谁都不这样做，唯独关于书籍，我常常同全然无名而且不知道是那里的什么人会谈，还觉得高兴。但是我却[1]以为同在路上碰见的人，在酒店偶然同坐的人谈天，倒是顶有趣，从利益方面说也并不少的事。我想假如能够走来走去随便与遇着的人谈谈，这样有趣的事情恐怕再也没有吧。不过这只是在书籍上可以做到，实际世间不大容易实行罢了。《浮世床》与《浮世风吕》之所以为名著岂不即以此故么。

《浮世床》等两部书是日本有名的滑稽小说，也是我所爱读的书。去年七月我写《与友人谈日本文化书》之一，曾经连带说及，今略抄于下：

> 江户时代的平民文学正与明清的俗文学相当，似乎我们可以不必灭自己的威风了，但是我读日本的滑稽本还不能不承认这是中国所没有的东西。滑稽——日本音读作 Kokkei，显然是从太史公的《滑稽列传》来的，中国近来却多喜欢读[2]若泥滑滑的滑了。——据说这是东方民族所缺乏的东西，日本人自己也常常慨叹，惭愧不及英国人。这滑稽本起于文化文政（十九世纪初

头）年间，却全没有受着西洋的影响，中国又并无这种东西，所以那无妨说是日本人自己创作的玩意儿，我们不能说比英国小说家的幽默何如，但这种可证明日本人有幽默趣味要比中国人为多了。我将十返舍一九的《东海道中膝栗毛》（膝栗毛者以脚当马，即徒步旅行。）与式亭三马《浮世风吕》及《浮世床》（风吕者澡堂，床者今言理发处。此种汉字和用虽似可笑，世间却多有，如希腊语帐篷今用作剧场的背景，跳舞场今用作乐队讲，是也。）放在旁边，再一一回忆我所读过的中国小说，去找类似的作品，或者一半因为孤陋寡闻的缘故，一时竟想不起来。借了两个旅人写他们路上的遭遇，或写澡堂理发铺里往来的客人的言动，本是所谓气质物（Katagimono，Characters）的流派，亚理士多德门下的退阿佛拉斯多思（Theophrastos）就曾经写有一册书，可算是最早，从结构上说不能变成近代的好小说，但平凡的叙说里藏着会心的微笑，特别是三马的书差不多全是对话，更觉得有意思。中国滑稽小说我想不出有什么，自《西游记》《儒林外史》以至《何典》《常言道》，都不很像，讲到描写气质或者还是《儒林外史》里有几处，如高翰林那种神气便很不坏，只可惜不多。

其实高翰林虽写得好，还是属于特殊部类，写的人固然可以夸张，原本也有点怪相，可以供人家的嗤笑以至谴责，如《浮世床》中的孔粪先生，嘲笑那时迂腐的汉学者，很是痛快，却并不怎么难写。我想讽刺比滑稽为容易，而滑稽中又有分别，特殊的也比平凡的为容易。《浮世风吕》卷一里出来的那个瘫子和醉汉就都是特殊的例，如笑话中的瞎子与和尚或惧内汉之类，仿佛是鼻子上涂了白粉的小丑似的，人家对于他所给与的笑多半是有一种期待性，不算是上乘的创作，唯有把寻常人的平凡事写出来，却都变成一场小喜剧，这才更有意思，亦是更难。双木园主人（堀舍二郎）在《江户时代戏曲小说通志》中说得不错：

文化六年（一八〇九）所出的《浮世风吕》是三马著作中最有名的滑稽本。此书不故意设奇以求人笑，然诙谐百出，妙想横生，一读之下虽髯丈夫亦无不解颐捧腹，而不流于野鄙，不陷于猥亵，此实是三马特绝的手腕，其所以被称为斯道之泰斗者盖亦以此也。

式亭三马本名菊地太辅，生于安永五年（一七七六）。著书极多，以《浮世风吕》与《浮世床》为其杰作。朴丽子喜听茶园中人轩轩笑语，以为能移我情，可谓解人，如遇三马当把臂入林矣。《浮世风吕》出版时当清嘉庆前半，其时在中国亦正有游戏文章兴起，但《常言道》等书只能与日本的“黄表纸”一类相当，滑稽本之流惜乎终未出现，马君亦嘉道时人，能有此胜解而不有所著述，尤为可惜。《浮世风吕》前后四编共九卷，各卷写几个场面都很有意思，我最喜欢前编卷下男澡堂中写几个书房里放学出来的学生，三编卷上女澡堂中写两个十一二岁的小姑娘在着衣服时谈话，虽今昔相隔已百三十年，读了觉得情形不相远，不佞曾想于此摘译一部分，乃终未能够，不但摘取为难，译述亦大不易，我这里只能以空言介绍终篇，诚不得已也。我不看戏文，但推想《春香闹学》《三娘教子》等里边或者还含有儿童描写的一丁点儿吧，不知何以小说散文中会那么缺乏，岂中国文人的见识反在戏子下欤？写学童的滑稽则尚有少许，郭尧臣著《捧腹集》诗钞中有《蒙师叹》七律十四首，其九、十两首均颇佳，其词云：

一阵乌鸦噪晚风，诸徒齐逞好喉咙。

赵钱孙李周吴郑，天地玄黄宇宙洪。

千字文完翻鉴略，百家姓毕理神童。

公然有个超群者，一日三行读大中。

×

学书勉强捏泥拳，笔是麻皮砚是砖，
墨号太平如黑土，纸裁尺八拟黄阡。
大人已化三千士，王子丹成十九天。
随手涂鸦浑莫辨，也评甲乙乱批圈。

在士人信仰文章报国的时代这种打油诗是只有挨骂的，但从我们外道看来却也有他独自的好处，有些事物情景，别体的文学作品都不能或不肯写，而此独写得恰好，即其生命之所在。《捧腹集》中又有《青毡生随口曲》十四首，其十一云：

一岁修金十二千，节仪在内订从前，
适来有件开心事，代笔叨光夹百钱。

原注云："市语以二百为夹百。"我们细想这种内容实在只有如此写法最恰当，否则去仿《书经》或《左传》，这是《文章游戏》的常用手法，却未免又落窠臼了。滑稽小说与散文缺少，姑且以诗解嘲，虽已可怜，总还聊胜于无，此我对于嘉道以后的打油所以不敢存轻视之心也。

二十六年二月二十五日，旧元宵爆竹声中写讫。

【鄢校】

①"却"原作"卻"，下同。

【锺校】

②原无“读”字，今增。

读《檀弓》

我久矣没有读《檀弓》了。我读《檀弓》还是在戊戌年的春天，在杭州花牌楼寓内冬夏都开着的板窗下一张板桌上自己念的，不曾好好的背诵，读过的大抵都已忘记，没有留下什么印象。前回一个星期三在学校里遇见适之，他给了我一册《中国文学史选例》，这只是第一卷，所选自卜辞至《吕氏春秋》，凡二十五项。其中第十六即是《檀弓》，计选了六则，即《曾子易箦》《子夏丧明》《孔子梦奠》《有子言似夫子》《黔敖嗟来》《原壤歌狸首》是也。在从学校回家来的路上，我把这六篇读了一遍，觉得都很好，后来又拿《檀弓》上下卷来理旧书，似乎以文章论好的也就不过是这几章罢了。这里边我最喜欢的是曾子的故事：

曾子寝疾，病。乐正子春坐于床下，曾元曾申坐于足，童子隅坐而执烛。童子曰：华而睆，大夫之箦与？子春曰：止！曾子闻之，瞿然曰：呼！曰：华而睆，大夫之箦与？曾子曰：然，斯季孙之赐也，我未之能易也。元，起易箦！曾元曰：夫子之病革矣，不可以变，幸而至于旦，请敬易之。曾子曰：尔之爱我也不如彼。君子之爱人也以德，细人之爱人也以姑息。吾何求哉，吾得正而毙焉，斯已矣。举扶而易之，反席未安而没。

这篇文章写得怎么好，应得由金圣叹批点才行，我不想来缠夹，我所感叹的是写曾子很有意思。本来曾子是怎么一个人物我也并不知道，但根据从《论语》得来的知识，曾子这临终的情形给予我很谐和的恰好的印象。我觉得曾子该是这样情形，即使《檀弓》所记的原只是小说而不是史实。据说，天上地下都无有神，有的但是拜神者的心情所投射出来的影。儒家虽然无神亦非宗教，其记载古圣先贤言行的经传，实在也等于《本行》及《譬喻》等，无非是弟子们为欲表现其理想之一境而作，文学的技工有高下，若其诚意乃无所异。《檀弓》中记曾子者既善于写文章，其所意想的曾子又有严肃而蕴藉的人格，令千载之下读者为之移情，犹之普贤行愿善能现示菩萨精神，亦复是文学佳作也。《原壤歌狸首》一篇也是很好的文章，很能表出孔子的博大处，比《论语》“宪问第十四”所载要好得多。其文曰：

> 孔子之故人曰原壤，其母死，夫子助之沐椁。原壤登木曰：久矣予之不托于音也。歌曰：狸首之斑然，执女手之卷然。夫子为弗闻也者而过之。从者曰：子未可以已乎？夫子曰：丘闻之，亲者毋失其为亲，故者毋失其为故也。

要知道这里的写得好，最好是与《论语》所记的比较一下看：

> 原壤夷俟。子曰：幼而不孙弟，长而无述焉，老而不死，是为贼。以杖叩其胫。

看老而不死这句话，可知那时原壤已经老了。戴望注：《礼》，六十杖于乡。那么孔子也一定已是六十岁以上。胡骂乱打只有子路或者还未能免，孔子不见得会如此，何况又是已在老年。我们看《檀弓》所记便大不相同，我觉得孔子该是这样情形，正如上文关于曾子我已经说过。“执女手之卷然”下据孔颖达《正义》云：

> 孔子手执斤斧，如女子之手卷卷然而柔弱，以此欢说仲尼，故注云说人辞也。

假如这里疏家没有把他先祖的事讲错，我们可以相信那时孔子的年纪并不老，因为一是用女子之手比孔子，二是孔子手执斤斧，总不会是六十岁后的事情。

把两件故事合起来看，觉得孔子在以前既是那么宽和，到老后反发火性，有点不合情理。不过我们也不能就说哪一件是真，哪一件是假，反正都只是记者所见不同，写出理想的人物来时亦宽严各异耳。清嘉道间马时芳著《续朴丽子》中有一则云：

> 传有之，孟子入室，因袒胸而欲出其妻，听母言而止。此盖周之末季或秦汉[①]间曲儒附会之言也。曲儒以矫情苟难为道，往往将圣贤妆点成怪物。呜呼，若此类者岂可胜道哉。

马君主张宽恕平易，故以袒胸出妻为非，但亦有人以严切为理想，以为孟子大贤必当如是，虽有诚意，却[②]不免落于边见，被称为曲儒，两皆无怪也。记原壤的故事两篇，见地不相同，不佞与马君的意思相似，不取叩胫之说，觉得沐椁一篇为胜。读《论语》中所记孔子与诸隐逸周旋之事，特别是对于楚狂接舆与长沮桀溺，都很有情意，并不滥用棒喝，何况原壤本是故人，益知不遗故旧为可信，且与经传中表示出来的孔子的整个气象相调和也。

不佞未曾学书，学剑亦不成，如何可谈文艺？无已且来谈经吧，盖此是文化遗产，人人都有分，都可得而接受处分之者也。

廿六年一月。

［附记］清乾隆时人秦书田著《曝背馀谈》卷下有一条云：

《檀弓》载曾子易箦一事，余深不然其说。若以此箦出季孙之赐，等赵挺之之锦裘，则曾子当日便毅然辞之而不受，不待至是日而始欲易。若等于孔子孟子之交际，即不易何害，乃明日之不能待耶。其诞妄明甚，乃后儒因得正而毙一语，传为千古美谈，殆亦不度于情矣，乌知情之所不有，即为理之所必无耶。

又云：

观隅坐执烛句，意只在作文字耳，奈之何曰经也。

秦君识见通达，其主张理不离情甚是，唯上节似不免稍有误会，曾子之意盖在物不在人，谓不当用大夫之箦耳。下节寥寥数语却很有理解，此本非经，只是很好的一篇描写，若作历史事实看便误，秦君知道他是在作文字，与我们的意见正相近也。

二十六年三月四日又记。

【鄢校】

①“汉”原作“尽”。

②“却”原作“卻”。

再谈试帖

近来搜集一点试帖诗，成绩不算很好，石印洋板不要，木板太坏的也不收，到现在一总还不过一百种左右而已。偶阅杨雪沧的《孤居随录》，——我有一册诵芬堂本的《小演雅》题观颒道人编，后来知道即是杨浚，所以找他的笔记来翻阅，别无什么可看，但《续录》卷七是论试帖的，其内容如下：

一、毛西河先生《唐人试帖》序（节录）。

二、纪文达公《唐人试律说》序（同上）。

三、李守斋试帖七法。（注：原系八法，诗品未采，所选各联并全首见《分类诗腋》。）

四、梁芷林中丞《试律丛话》选。（只采绪论，其诗见原书。）

五、张芗涛学使《輶轩语》。（语试律诗四宜六忌全录。）

这里所引的书我都有了，那么理论方面的材料大抵已不愁缺乏，所应当注意的还是在别集总集吧。又阅《越缦堂日记补》，咸丰十年九月十四日条下云：

> 夜偕叔子看陈秋舫殿撰《简学斋试律》，颇有佳句，此虽小道，然肇自有唐，盛于当代，其流传当远于制义。制义数十年来衰弱已极，不复成文字，而试律犹有工者，故制义窃谓不久当废，试律法度尚存，其行未艾，即或为功令所去，人必有嗜而为之者。同人中叔子珊士孟调莲士皆工此体，叔子为尤胜也。

又十一月初五日读杜登春《社事始末》条下云：

> 予尝谓时文不出二十年必为功令所废，即此可知也。

李君在七十馀年前能预言八股文之当废，可谓有识，但他思想本旧，并不是识时务，实只是从文章上论，亦能看出兴衰之迹。所云试律将有嗜而为之者，此语未确，唯文诗优劣却说得很有道理，盖虽同是赋得体，而一说理易陈腐，一咏事物尚可稍有情味也。

陈秋舫《简学斋诗》今在《七家试帖》中，《试律丛话》卷五极称道之，有云：

> 殿撰试帖于咏史尤为擅长，《文姬归汉》全首云："女有才如此，千金赎亦宜。存孤全友谊，忍死得归期。一骑东风快，双雏朔雪饥。身如焦

尾在，心岂左贤知。大漠回看惨，陈留再到疑。经温刊石本，笳补入关词。兵燹馀悲愤，门楣系孑遗。可怜书未续，无命作班姬。”直是一篇文姬小传，而情韵隐秀，居然班范之间，此岂寻常笔墨耶。

吴穀人的《有正味斋试帖》中咏史数诗亦均佳，如《殷浩书空》云：

咄咄嗟何益，茫茫恨不穷。
一生投热恼，几字画虚空。
悬腕书防脱，看天问岂通。
光阴斜日后，心绪乱云中。
远势能飞白，惭颜莫洗红。
肯教遗迹在，翻讶复函同。
高阁宜君辈，苍生误此公。
西风回笔阵，渺渺羡烟鸿。

此诗刻画书空，唯六七联讲到殷深源，与陈作不同，却也写得很精致。《九家诗》第一卷即《有正味斋》，咸丰中魏涤生又有选注本，与王惕甫《芳草堂诗》合刻，称《二家诗钞笺略》。魏君曾撰《骈雅训纂》，为世所知，此笺精要，刻板亦佳，与普通坊本不同，其视试律殆与越缦有同意耶。自序中云：

夫赋得诗不足存，矧为之作注，纪文达公

《庚辰集》固有哂之者矣。顾吾观今之类书踳驳舛盩，展卷即是，递相钞撮，几同杜撰，得如《庚辰集》之本本原原，伐山自作，不由稗贩者，有几人哉。惜其不为类书而为此注，使推其例以为之，当益为后学津逮，顾林犹幸其有是书以示后人，使后之为类书者知所取则，其沾丐后人亦正未有涯也。

后又云：

后之读二家诗者不知视《庚辰集》何如，而注则不逮远甚，要之与钞撮影撰，沿讹踵谬，浮谈无根者，固有间矣。

说的很不错，如上文所引诗中末联“笔阵”注，除引《法书要录》“笔阵图”外，又云：

又按此阵字借作雁阵解，盖以雁为书空匠者意关合，见陶穀《清异录》上禽名门。

不单呆引出典，却就本诗用意上说明，这注便活了，嘉庆中有《九家诗选注》，不能如此也。又如“苍生”句别家注只引《王戎传》，却不知其更包有本传的“深源不起，当如苍生何”在内。《试律丛话》卷五论李伯子的《西沤试帖》有云：

又“鹤子”句云，阅世应无纪，传家别有经。上句用《瘗鹤铭》“鹤寿不知其纪也”，下句用浮丘公《相鹤经》，而为之注者皆不之及，则何用注之有哉。（案：光绪中刊《七家诗注》均已补入。）

尝阅黎觉人《六朝文絜笺注》，在《荡妇秋思赋》题下有注云："《说文》曰，秋，禾谷熟也。"不觉失笑。由此观之，魏涤生诚不易得，虽是赋得诗的注亦何害哉。魏君还有别的书如《同馆诗赋题解》等，惜均未能得到。

寒斋目下所有唐人试律的书共只十三部，其中却有一种很有意思，乃是王锡侯的《唐诗试帖课蒙详解》十卷，卷首题作《唐诗应试分类详解》，书签上云《应试唐诗分类详解》，《禁书目录》上却又云《唐诗试帖分类详解》。王锡侯《字贯》一案是清朝文字狱中很苛刻的一例，《心史丛刊》中记其本末颇详，所禁诸书我只见过《书法精言》，其次是这《唐诗试帖》。前有乾隆戊寅（一七五八）自序，盖因丁丑新定乡会试均用试帖，亦是投机的书，唯例言八则及论作诗法中案语六则均尚可读，不似《书法精言》之庸腐。如"例言一"云：

杂体之诗驱题就我，试帖之作束我就题，稍或纵放，语虽奇丽，与题无着矣。是天下诗之难作未有过于试帖者，试帖一工，何所不可。试帖之诗与八股文字无异，必须句斟字酌，与题相凑，精力有所不及，行间便少光采。然则西河毛氏谓八股文字起于试帖之诗，其信然也。

这书里还有一个特色，便是在有些诗的后面附有王氏自己的拟作，十卷中共有二十六首，盖亦是模仿西河而作。诗虽不甚佳，唯王锡侯身被坑书被焚，灰扬迹灭之后，尚能于此破册中保存着他的若干创作，亦可以说是吉光片羽矣，此其价值盖在于试帖以外而属于别一范围者也。

二十六年二月十八日，于北平。

再谈尺牍

我近来搜集一点尺牍，同时对于山阴会稽人的著作不问废铜烂铁也都想要，所以有些东西落在这交叉点里，叫我不能不要他，这便是越人的尺牍。不过我的搜集不是无限制的，有些高价的书就只好缓议，即如陶石篑的集子还未得到，虽然据袁小修说这本来无甚可看，因为他好的小品都没有选进去。在我说来难免近于酸蒲桃的辩解，不好就这样说。明人的尺牍单行的我只有一册沈青霞的《塞鸿尺牍》，其实这也是文集的一种，却有独立的名称而已，此外的都只在集中见到，如王龙溪，徐文长，王季重，陶路叔，张宗子皆是。我根据了《谑庵文饭小品》与《拜环堂文集》残卷，曾将季重路叔的尺牍略为介绍过，文长宗子亦是畸人，当有可谈，却尚缺少准备，今且从略，跳过到清朝人那边去吧。

清朝的越人所著尺牍单行本我也得到不多，可以举出来的只有商宝意的《质园尺牍》二卷，许葭村的《秋水轩尺牍》二卷，续一卷，龚联辉的《未斋尺牍》四卷，以及范镜川的《世守拙斋尺牍》四卷罢了。商宝意是乾嘉时有名的诗人，著有《质园诗集》三十二卷，又编《越风》初二集共三十卷，这尺牍是道光壬寅（一八四三）山阴余应松所刊，序中称其"吐属风雅，典丽高华，是金华殿中人语"，这是赞辞，同时也就说出了他的分限。上卷有《致周舫轩书》之一云：

古谚如"少所见多所怪，见橐驼言马肿背"，"三月昏，参星夕，杏花盛，桑叶白"，"蜻蜓鸣，衣裘成，蟋蟀鸣，懒妇惊"——等语，清丽如乐府。尊公著作等身，识大识小并堪寿世，闻有《越谚》一卷，希录其副寄我。久客思归，对纸上乡音，如在兰亭禹庙间共里人话矣。

又云：

阅所示家传，感念尊公幾山先辈之殁倏忽五年。君家城西别业旧有凌霄木香二架，芳艳动人，忆与尊公置酒花下，啖凤潭锦鳞鱼，论司马氏四公子传，豪举如昨，而幾山不可作矣。年命朝露，可发深慨。足下既以文学世其家，续先人未竟之绪，夜台有知当含笑瞑目也。诸传简而有法，直而不夸，真足下拟陶石篑之记百家烟火，刘蕺山之叙水澄，其妙处笠山鹅池两君已评之，余何能多作赞语，唯以老成沦丧，不禁涕泪沾襟耳。便鸿布达，黯然何如。

案《越风》卷七云：

周徐彩，字粹存，会稽人，康熙庚子举人，著有《名山藏诗稿》。所居城西别业，庭前木香一架，虬枝蟠结，百馀年物也，花时烂熳香满裀席，余曾觞于此而乐之，距今四十年，花尚无恙。子绍钖，字舫轩，诸生，著有《舫轩诗选》。

两封信里都很有感情分子，所以写得颇有意思，如上文对于城西别业殊多恋恋之情，可以为证，至于《越谚》那恐怕不曾有，即有也未必会胜于范啸风，盖扁舟子的见识殆不容易企及也。又致陶玉川云：

夜来一雨，凉入枕簟，凌晨起视，已落叶满阶矣。寒衣俱在质库中，陡听金风，颇有吴牛见月之恐。越人在都者携有菱芡二种，遍种于丰宜门外，提篮上市，以百钱买之，居然江乡风味，纪以小诗，附尘一览。大兄久客思归，烟波浩淼之情谅同之也。

这里又是久客思归，故文亦可读，盖内容稍实在也，说北京菱芡的起源别有意思，敦礼臣著《燕京岁时记》七月下有菱角鸡头一条云：

> 七月中旬则菱芡已登，沿街吆卖曰，老鸡头，才下河。盖皆御河中物也。

读尺牍可以知其来源，唯老鸡头依然丰满而大菱则憔悴不堪，无复在镜水中的丰采矣。

《秋水轩尺牍》与其说有名还不如说是闻名的书，因为如为他作注释的管秋初所说，“措辞富丽，意绪缠绵，洵为操觚家揣摩善本”，不幸成了滥调信札的祖师，久为识者所鄙视，提起来不免都要摇头，其实这是有点儿冤枉的。《秋水轩》不能说写得好，却也不算怎么坏，据我看来比明季山人如王百穀所写的似乎还要不讨厌一点，不过这本是幕友的尺牍，自然也有他们的习气。《秋水轩》刊于道光辛卯（一八三一），《未斋》则在乙巳[①]（一八四五），二人不但同是幕友，而且还是盟兄弟，这是一件很好玩的事，可是他们二人的身后名很不一样，《秋水轩》原刊版并不坏，光绪甲申（一八八四）还有续编出版，风行一时，注者续出，《未斋》则向来没有人提起，小版多错字，纸墨均劣，虽然文章并不见得比《秋水轩》不如。凡读过《秋水轩》的应当还记得卷上的那“一枝甫寄，双鲤频颁”的一封四六信吧，那即是寄给龚未斋的全部十四封中的第二信也。未斋给许葭村的共有八封，其末一封云：

病后不能搦管，而一息尚存又未敢与草木同腐。平时偶作诗词，只堪覆瓿，唯三十馀年客窗酬应之札，直摅胸膈，畅所欲言，虽于尺牍之道去之千里，而性情所寄似有不忍弃者，遂于病后录而集之。内中唯仆与足下酬答为独多，惜足下鸿篇短制为爱者携去，仅存四六一函，录之于集，借美玉之光以辉燕石，并欲使后之览者知仆与足下乃文字之交，非势利交也。因足下素有嗜痂之癖，故书以奉告，录出一番，另请教削，知许子之不惮烦也。

《秋水轩》第十四封中有云：

尺牍心折已久，付之梨枣，定当纸贵一时，以弟谫陋无文亦蒙采入，恐因鱼目而减夜光之价，削而去之则为我藏拙多矣。

可以知道即是上文的回答，据《未斋尺牍》自序称编集时在嘉庆癸亥（一八〇三），写信也当在那时候吧。《秋水轩》第一封信去谢招待，末云：

阮昔侯于二十一日往磁州，破题儿第一夜，钟情如先生当亦为之黯然也。

《未斋》第一封即是覆信，有云：

阮锡侯此番远出，未免有情，日前有札寄彼

云，新月窥窗，轻风拂帐，依依不舍，当不只作草桥一梦。来翰亦云破题儿第一夜，以弟为钟情人亦当闻之黯然，何以千里相违而情词如接，岂非有情者所见略同乎。夫天地一情之所感，君子之道造端乎夫妇，学究迂儒强为讳饰，不知文王辗转反侧，后妃嗟我怀人，实开千古钟情之祖，第圣人有情而无欲，所为乐而不淫也。弟年逾五十，而每遇出游辄黯然魂消者数日，盖女子薄命，适我征人，秋月春花，都成虚度，迨红颜已改，白发渐滋，此生亦复休矣。足下固钟情人，前去接眷之说其果行否乎。觍缕及之，为个中人道耳。

第二封是四六覆信，那篇“一枝甫寄”的原信也就附在后边，即所谓借美玉之光也。第四封信似是未斋先发，中云：

阮君书来道其夫人九月有如达之喜，因思是月也雀入大水，故敝署五产而皆雌，今来翰为改于十月免身，其得蛟也必矣，弟亲自造作者竟不知其月，抑又奇也。舍侄甘林得馆之难竟如其伯之得子，岂其东家尚未诞生也。今年曾寄寓信计六十馀函，足下阴行善事不厌其烦，何以报之，唯有学近日官场念《金刚经》万遍，保佑足下多子耳。

秋水轩答信云：

昔侯夫人逾月而娩，以其时考之宜为震之长男，而得巽之长女，良由当局者自失其期，遂令旁观者难神其算也。令侄馆事屡谋屡失，降而就副，未免大才小用，静以待之，自有碧梧千尺耳。寓函往复何足云劳，而仁人用心祝以多子，则兄之善颂善祷积福尤宏，不更当老蚌生珠耶。

他们所谈的事大抵不出谋馆纳宠求子这些，他们本是读书人之习幕者，不会讲出什么新道理来，值得现代读者倾听。但是从他们谈那些无聊的事情上可以看出一点性情才气，我想也是有意思的事。特别是我们能够找着二人往来的信札，又是关于阮昔侯这人看他们怎样的谈论，这种机会也是不容易得的。讲到个人的才情我觉得未斋倒未必不及秋水轩，盖龚时有奇语而许则极少见也。《未斋尺牍》卷一与徐克家云：

敝斋不戒于火，将身外之物一炬而烬之，不留一丝，不剩一字，真佛家所谓清净寂灭者矣。友人或吊者，或贺者，吊者其常，贺者则似是而非也。夫凡民之于豪杰在有生之初而已定，如必生于忧患而死于安乐，彼夏商周之继起为君者无所谓忧患，而世之少为公子老封君者曾安乐之足以为累否耶。不肖中人以下之资，即时时有祝融之警，终不能进于上智，若无此一火，亦未必遂流为下愚，不过适然火之，亦适然听之而已。孟夫子之言为豪杰进策励之功，非凡民所得而借口也。质之高明，以为然否。

又卷四与章含章云：

诸君子之至于斯也，仆未尝不倒屣而迎也，而素畏应酬，又无斯须之不懒，竟至有来而无往。最爱客来偏懒答，剧怜花放却慵栽，此十年前之句，非是今日始，疏野之性有不可以药者，而外间随以仆为傲。夫有周公之才之美尚不可以骄吝，矧吾辈依人作嫁，碌碌鱼鱼，无足以傲世，更何所傲为。弟与足下交最久，知我独深，望为我言曰，其为人懒而狂，非傲也。至诸侯大夫之至止者为丞相长史耳，更与张君嗣无涉也，懒也傲也均无关于轻重，可一笑置之。

卷四有答周汜荇书与论“公门造福”，嬉笑怒骂颇极其妙，惜文长不能抄，自谓其苦可及其狂不可及也。《秋水轩》中便少此种狂文，鄙见以为此即《未斋》长处，盖其本色所在，但此等不利于揣摩之用，或者正亦以此不能如《秋水轩》之为世人所喜欤。

二十六年三月二十八日，在北平。

【鄢校】

①“巳”原作“已”。

谈笔记

近来我很想看点前人笔记。中国笔记本来多得很，从前也杂乱的看得不少，可是现在的意思稍有不同。我所想看的目下暂以近三百年为准，换句话说差不多就是清代的，本来再上溯一点上去亦无不可，不过晚明这一类的著作太多，没有资力收罗，至于现代也不包括在里边，其理由却又因为是太少，新式的杂感随笔只好算是别一项目了。看法也颇有变更，以前的看笔记可以谓是从小说引申，现在是仿佛从尺牍推广，这句话有点说得怪，事实却正如此。近年我搜集了些尺牍书，贵重难得的终于得不到外，大约有一百二十种，随便翻阅也觉得有意思，虽然写得顶好自然还只能推东坡和山谷。他们两位的尺牍实在与其题跋是一条根子的，所以题跋我也同样的喜欢看，而笔记多半——不，有些好的多是题跋的性质或态度，如东坡的《志林》更是一个明显的实例。我把看尺牍题跋的眼光移了去看笔记，多少难免有龃龉不相入处，但也未始不是一种看法，不过结果要把好些笔记的既定价值颠倒错乱一下罢了，据《四库全书总目提要》卷一一七子部杂家类下分类解说云：

> 以立说者谓之杂学，辨证者谓之杂考，议论而兼叙述者谓之杂说，旁究物理胪陈纤琐者谓之杂品，类辑旧文涂兼众轨者谓之杂纂，合刻诸书不名一体者谓之杂编，凡六类。

又卷一四〇子部小说类下云：

> 迹其流别，凡有三派，其一叙述杂事，其一记录异闻，其一缀辑琐语也。

照着上边的分法，杂家里我所取的只是杂说一类，杂考与杂品偶或有百一可取，小说家里单取杂事，异闻虽然小时候最欢喜，现在则用不着，姑且束之高阁。这实在是我看笔记最非正宗的一点。蒲留仙的《聊斋志异》，纪晓岚的《阅微草堂笔记》五种，我承认他们是中国传奇文与志怪小说的末代贤孙，文章也写得不坏，可是现在没有他们的分。我这里所要的不是故事，只是散文小篇，是的，或者就无妨称为小品文，假如这样可以辨别得清楚，虽然我原是不赞同这名称的。姑妄言之的谈狐鬼原也不妨，只苦于世上没有多少这种高明人，中间多数即不入迷也总得相信，至于讲报应的那简直是下流与恶趣了。《广陵诗事》卷九引成安若《皖游集》云，太平寺中一豕现妇人足，弓样宛然（其实是妇人现豕足耳，只可惜士女都未之知），便相信逆妇变猪并非不经之谈。我曾这样说：

阮芸台本非俗物，于考据词章之学也有成就，乃喜记录此等恶滥故事，殊不可解。世上不乏妄人，编造《坐花志果》等书，灾梨祸枣，汗牛充栋，几可自成一库，则亦听之而已，雷塘庵主奈何也落此科臼耶。

张香涛著《辅轩语》卷一中有“戒讲学误入迷途”一项云：

昨在省会有一士以所著书来上，将《阴骘文》《感应篇》，世俗道流所谓《九皇经》《觉世经》，与《大学》《中庸》杂糅牵引，忽言性理，忽言易道，忽言神灵果报，忽言丹鼎符箓，鄙俚拉杂有如病狂，大为人心风俗之害，当即痛诋而麾去之。明理之士急宜猛省，要知此乃俗语所谓魔道，即与二氏亦无涉也。

张君在清末学者中不能算是大人物，这一节话却很有见识，为一般读书人所不能及。我曾批评陈云伯所著善书《莲花筏》，深惜其以聪明人而作鄙陋语，有云：

此事殊出意外，盖我平时品评文人高下，常

以相信所谓文昌与关圣，喜谈果报者为下等，以为颐道居士当不至于此也。

由此可知我对于这一类书是如何的没有好感，虽然我知道要研究士大夫的腐败思想这些都是极好的资料，但是现在无此雅兴，所以只好撂下。与这种神怪报应相反而亦为我所不要看的有专讲典章掌故的一类，如《啸亭杂录》《清秘述闻》《郎潜纪闻》等，无论人家怎么看重，认为笔记中的正宗，这都不相干，我总之是不喜欢，所以不敢请教，也并不一定是看不起，他们或者自有其用处，实在只是有点隔教，和我没有什么情分。有人要问，那么是否爱那轻松漂亮的一路呢？正如有人说我必须爱读《梅花草堂笔谈》与《幽梦影》，因为我曾经称扬过公安竟陵派的文学。其实这是未必然的。在一个月前我翻阅《复堂日记》，觉得有一件事情很有意思。日记卷三癸酉同治十二年项下有一则云：

《西青散记》致语幽清，有唐人说部风，所采诸诗，玄想微言，潇然可诵。以示眉叔，欢跃叹赏，固性之所近，施均父略翻五六纸掷去之矣。

《日记补录》（念劬庐丛刻本）光绪二年（丙子）八月初九日条下有云：

舆中展《西青散记》八卷，如木瓜酿，如新来禽，此味非舌阁硬饼者所知。

又十二年（丙戌）二月初四日条云：

阅《西青散记》，笔墨幽玄，心光凄澹，所录诗篇颇似明季钟谭一流，而视竟陵派为有生气也。

《日记续编》光绪二十三年（丁酉）四月十九日条云：

《西青散记》附文略阅竟一过，嚼雪餐霞，味于无味，文章得山水之神，遇之于行墨之外，三十馀年时时有故人之怀，非痂嗜也。

谭君于二十五年中四次赞[①]扬《散记》，可知他对于此书确有一种嗜好，可是我却不敢附和。《复堂日记》中常记读小说，看他评定甲乙，其次序当是《琐蛣杂记》《夜雨秋灯录》《里乘》《客窗闲话》，《伊园谈异》似亦可入，盖谭君多着重文字方面，又不以怪异果报为非也。我看笔记也要他文字好，朴素通达便好，并不喜欢浓艳波俏，或顾影弄姿，有名士美人习气，这一点意思与复堂不同，其次则无取志异。《西青散记》的诗文的确写得不坏，论大体可以与舒白香《游山日记》相比，两者都是才人之笔，但《日记》似乎是男性的，有见识有胆力，而《散记》乃是女性的，拉上许多贺双卿的传说，很有点儿粘缠，容易流入肉麻一路去，还有许多降乩的女仙和显圣的关公，难免雅得俗起来了。《散记》中也有几节文章可以选取的，如卷一记折柳亭的饮饯，卷二记姑恶鸟以及记络纬等鸣虫的一条，又有记儿时情事一则，与沈三白的《浮生六记》卷一所说文情相近。寒斋有瓜渚草堂旧刊本《西青散记》，有时候拿出来翻阅，也颇珍重，不过感情就只是如此而已，我是不喜欢古今名士派的，故对于史梧冈未必能比张元长张心来更看得重也。

上边把各家的笔记乱说了一阵，大都是不满意的，那么到底好的有哪几家呢？这话一言难尽，但简单的说，要在文词可观之外再加思想宽大，见识明达，趣味渊雅，懂得人情物理，对于人生与自然能巨细都谈，虫鱼之微小，谣俗之琐屑，与生死大事同样的看待，却又当作家常话的说给大家听，庶乎其可矣。人心不足蛇吞象，野心与理想都难实现，我只希望能具体而微，或只得其一部分，也已可以满足了。据我近几年来的经验，觉得这个很不容易，读过的笔记本不多，较好的只有傅青主的杂记，刘继庄的《广阳杂记》，刘青园的《常谈》，郝兰皋的《晒书堂笔录》，马平泉的《朴丽子》，李登斋的《常谈丛录》，王白岩的《江州笔谈》等，此外赵云松俞理初的著作里也有可看的东西，而《四库总目》著录的顾亭林、王山史、宋牧仲、王贻上、陆扶照、刘玉衡诸人却又在其次了。这里我最觉得奇怪的是顾亭林的《日知录》，顾君的人品与学问是有定评的了，文章我看也写得很干净，那么这部举世推尊的《日知录》论理应该给我一个好印象，然而不然。我看了这书也觉得有几条是好的，有他的见识与思想，朴实可喜，看似寻常而别人无能说者，所以为佳，如卷十三中讲馆舍、街道、官树、桥梁、人聚诸篇皆是。但是我总感到他的儒教徒气，我不非薄别人做儒家或法家道家，可是不可有宗教气而变成教徒，倘若如此则只好实行作揖主义，敬鬼神而远之矣。《日知录》卷十五“火葬”条下云：

> 宋以礼教立国而不能革火葬之俗，于其亡也乃有杨琏真伽之事。

这岂不像是庙祝巫婆的话。卷十八李贽、钟惺两条很明白的表出正统派的凶相，其“朱子晚年定论”一条攻击阳明学派则较为隐藏，末一节云：

> 以一人而易天下，其流风至于百有馀年之久者，古有之矣。王夷甫之清谈，王介甫之新说，其在于今则王伯安之良知是也。孟子曰，天下之

生久矣，一治一乱，拨乱世反之正，岂不在于后贤乎。

又卷十九“修辞”一条攻击语录体文，末一则云：

自嘉靖以后人知语录之不文，于是王元美之札记，范介儒之肤语，上规子云，下法文中，虽所得有浅深之不同，然可谓知言者矣。

次条题曰“文人摹仿之病”，却劈头说道：

近代文章之病全在摹仿，即使逼肖古人已非极诣，况遗其神理而得其皮毛者乎。

心有所蔽，便难免自己撞着，虽然末节的话说得很对，人家看了仍要疑惑，不能相信到底诚意何在。我不想来谤毁先贤，不过举个例子说明好的笔记之不可多得罢了。我对于笔记与对于有些人认为神圣的所谓经是同样的要求，想去吸取一点滋味与养料，得到时同样的领受，得不到时也同样无所爱惜的抛在一旁了。

二十六年三月十日，在北平写。

【鄢校】

①“赞”原作“赏”。

歌谣与名物

北原白秋著《日本童谣讲话》第十七章，题曰《水胡卢的浮巢》，其文云：

列位，知道水胡卢的浮巢么？现在就讲这故事吧。

在我的故乡柳河那里，晚霞常把小河与水渠映得通红。在那河与水渠上面架着圆洞桥，以前是走过一次要收一文桥钱的。从桥上望过去，垂柳底下茂生着蒲草与芦苇，有些地方有紫的水菖蒲，白的菱花，黄的萍蓬草，或是开着，或是长着花苞。水流中间有叫做计都具利（案即是水胡卢）的小鸟点点的浮着，或没到水里去。这鸟大抵是两只或四只结队出来，像豆一样的头一钻出水面来时，很美丽的被晚霞映得通红，仿佛是点着了火似的。大家见了便都唱起来了：

Ketsuri no atama ni hinchiita,

Sunda to omottara kekieta.

意思是说，水胡卢的头上点了火了，一没到水里去就熄灭了。于是小鸟们便慌慌张张的钻到水底里去了。再出来的时候，大家再唱，他又钻了下去。这实在是很好玩的事。

关东（案指东京一带）方面称水鸟为牟屈鸟。（案读若 mugutcho，狩谷望之著《和名类聚抄笺注》卷七如此写。）计都具利盖系加以都布利一语方言之讹，向来通称为尔保。（案读若 nio，和字写作鸟旁从入字。）

这水鸟的巢乃是浮巢。巢是造在河里芦苇或蒲草的近根处，可是造得很宽缓很巧妙，所以水涨时他会随着上浮，水退时也就跟了退下去。无论何时这总在水中央浮着。在这圆的巢里便伏着蛋，随后孵化了，变成可爱的小雏鸟，张着嘴啼叫道：

“咕噜，咕噜，咕噜！”

在五六月的晚霞中，再也没有比那拉长了尾声的水胡卢的啼声更是寂寞的东西了。若是在远远的河的对岸，尤其觉得如此。不久天色暗了下来，这里那里人家的灯影闪闪的映照在水上。那时候连这水鸟的浮巢也为河雾所润湿，好像是点着小洋灯似的在暮色中闪烁。

“水胡卢的浮巢里点上灯了，
点上灯了。
那个是，萤火么，星星的尾么，
或者是蝮[①]蛇的眼光？
虾蟆也阁阁的叫着，
阁阁的叫着。
睡罢睡罢，睡了罢。
猫头鹰也呵呵的啼起来了。”

这一首我所做的抚儿歌便是歌咏这样的黄昏的情状的。小时候我常被乳母背着，出门去看那萤火群飞的暗的河边。对岸草丛中有什么东西发着亮光，仿佛是独眼怪似的觉得可怕，无端的发起抖来。简直是同萤火一样的虫原来在这些地方也都住着呵。

这一篇小文章并没有什么了不得的地方，只因他写一种小水鸟与儿童生活的关系，觉得还有意思，所以抄译了来。这里稍成问题的便是那水鸟。这到底是什么鸟呢？据源顺所著《和名类聚抄》说，即是中国所谓鹛鹛，名字虽是很面善，其形状与生态却是不大知道。《尔雅》与《说文解字》中是都有的，但不能得要领，这回连郝兰皋也没有什么办法了，结果只能从扬[2]子云的《方言》中得到一点材料：

野凫，其小而好没水中者，南楚之外谓之䴙䴘。

好没水中，可以说是有点意味了，虽然也太简单。我们只好离开经师，再去请教医师。《本草纲目》卷四十七云：

《藏器》曰，䴙䴘水鸟也，大如鸠，鸭脚连尾，不能陆行，常在水中，人至即沉，或击之便起。其膏涂刀剑不锈。《续英华》诗云，马衔苜蓿叶，剑莹䴙䴘膏，是也。时珍曰，䴙䴘南方湖溪多有之，似野鸭而小，苍白文，多脂，味美，冬月取之。

日本医师寺岛良安著《和汉三才图会》卷四十一引《本草》文后案语（原本汉文）云：

好入水食，似凫而小，其头赤翅黑而羽本白，背灰色，腹白，嘴黑而短，掌色红也。雌者稍小，头不赤为异。肉味有臊气，不佳。

小野兰山著《本草纲目启蒙》卷四十三云：

形似凫而小，较刁鸭稍大。头背翅均苍褐色有斑，胸黄有紫斑，腹白，嘴黑色而短，尾亦极短，脚色赤近尾，故不能陆行。《集解》亦云，好相并浮游水上，时时出没。水面多集藻类，造浮巢，随风飘漾。

这里描写已颇详尽，又集录和汉名称，根据《食物本草会纂》有一名曰水胡卢，使我恍然大悟。虽然我所见过的乃是在卖鸟肉的人的搭连里，羽毛都已拔去，但我总认识了他，知道他肉不好吃，远不及斑鸠。实在因为我知道是水胡卢，所以才来介绍那篇小文章。假如我只在古书上见到什么鸊鷉鹈䴘等名，便觉得有点隔膜，即使有好文章好歌谣也就难于抄译了。辑录歌谣似是容易事，其实有好些处要别的帮助，如方言调查、名物考证等皆是，盖此数者本是民俗学范围内的东西，相互的有不可分的关系者也。

关于水胡卢的记录，最近见到川口孙治郎所著《日本鸟类生态学资料》第一卷（今年二月出版），其中有一篇是讲这水鸟的，觉得很有意思。鸟的形色大抵与前记相似而更细密，今从略，其第五节记没水法颇可备览，译述于下：

没水时先举身至中腹悉露出水面，俯首向下，急转而潜水以为常。瞳孔的伸缩极是自由自在。此在饲养中看出者。

人如屡次近前，则没水后久待终不复出。这时候他大抵躲在水边有树根竹株的土被水洗刷去了的地方，偷偷的侦察着人的动[3]静。也有没有可以藏身的去处，例如四周都是细沙斜坡的宽大的池塘里，没水后不再浮出的事也常有之。经过很久的苦心精查，才能得到结果，其时他只将嘴露出水上，身在水中略张翼伸两足，头部以下悉藏水面下，等候敌人攻击全去后再行出来。盖此鸟鼻孔开口于嘴的中央部，故只须将嘴的大半露出水面，便可以长久的潜伏水中也。

川口此书是学术的著述，故殊少通俗之趣，但使我们知道水胡卢的一点私生活，也是很有趣味的。在十六七年前，川口曾著有《飞驒之鸟》正续二卷，收在《炉边丛书》内，虽较零碎，而观察记录谨严还是一样，但惜其中无水胡卢的一项耳。

民国廿六年三月十八日，于北平。

【锺校】

①“蝮”原作“腹”。

【鄢校】

②“扬”原作“杨”。

③“动”原作“终”。

赋得猫

——猫与巫术

我很早就想写一篇讲猫的文章。在我的《书信》里“与俞平伯君书”中有好几处说起，如廿一年十一月十三日云：

> 昨下午北院叶公过访，谈及索稿，词连足下，未知有劳山的文章可以给予者欤。不佞只送去一条穷裤而已，虽然也想多送一点，无奈材料缺乏，别无可做，久想[①]写一小文以猫为主题，亦终于未着笔也。

叶公即公超，其时正在编辑《新月》。十二月一日又云：

> 病中又还了一件文债，即新印《越谚》跋文，此后拟专事翻译，虽胸中尚有一猫，盖非至一九三三年未必下笔矣。

但二十二年二月二十五日又云：

> 近来亦颇有志于写小文，仍有暇而无闲，终

未能就，即一年前所说的猫亦尚任其屋上乱叫，不克捉到纸上来也。

如今已是一九三七，这四五年中信里虽然不曾再说，心里却还是记着，但是终于没有写成。这其实倒也罢了，到现在又来写，却为什么缘故呢？

当初我想写猫的时候，曾经用过一番工夫。先调查猫的典故，并觅得黄汉的《猫苑》二卷，仔细检读，次又读外国小品文，如林特（R. Lynd），密伦（A. A. Milne），却贝克（K. Capek）等，公超又以路加思（E. V. Lucas）文集一册见赠，使我得见所著谈动物诸文，尤为可感。可是愈读愈胡涂，简直不知道怎样写好，因为看过人家的好文章，珠玉在地，不必再去摆上一块砖头，此其一。材料太多，贪吃便嚼不烂，过于踌躇，不敢下笔，此其二。太约那时的意思是想写《草木虫鱼》一类的文章，所以还要有点内容，讲点形式，却是不大容易写，近来觉得这也可以不必如此，随便说说话就得了，于是又拿起那个旧题目来，想写几句话交卷。这是先有题目而作文章的，故曰赋得，不过我写文章是以不切题为宗旨的，假如有人想拿去当作赋得体的范本，那是上当非浅，所以请大家不要十分认真才好。

现在我的写法是让我自己来乱说，不再多管人家的鸟事。以前所查过的典故看过的文章幸而都已忘却了，《猫苑》也不翻阅，想到什么可写的就拿来用。这里我第一记得清楚的是一件老姨与猫的故事，出在霁园主人著的《夜谈随录》里。此书还是前世纪末读过，早已散失，乃从友人处借得一部检之，在第六卷中，是《夜星子》二则中之一。其文云：

京师某宦家，其祖留一妾，年九十馀，甚老耄，居后房，上下呼为老姨。日坐炕头，不言不笑，不能动履，形似饥鹰而健饭，无疾病。尝畜一猫，与相守不离，寝食共之。宦一幼[2]子尚在襁褓，夜夜啼号，至晓[3]方辍，匝月不愈，患之。俗传小儿夜啼谓之夜星子，即有能捉之者。于是延捉者至家，礼待甚厚，捉者一半老妇人耳。是夕就小儿旁设桑弧桃矢，长大不过五寸，矢上系素丝数丈，理其端于无名之指而拈之。至夜半月色上窗，儿啼渐作，顷之隐隐见窗纸有影倏进倏却，仿佛一妇人，长六七寸，操戈骑马而行。捉者摆手低语曰，夜星子来矣来矣！亟弯弓射之，中肩，唧唧有声，弃戈返驰，捉者起急引丝率众逐之。拾其戈观之，一搓线小竹签也。迹至后房，其丝竟入门隙，群呼老姨，不应，因共排闼燃烛入室，遍觅无所见。搜索久之，忽一小婢惊指曰，老姨中箭矣！众视之，果见小矢钉老姨肩上，呻吟不已，而所畜猫犹在胯下也，咸大错愕，亟为拔矢，血流不止。捉者命扑杀其猫，小儿因不复夜啼，老姨亦由此得病，数日亦死。

后有兰岩评语云：

怪出于老姨，诚不知其何为，想系猫之所为，老姨龙钟为其所使耳。卒乃中箭而亡，不亦冤乎。

同卷中又有《猫怪》三则，今悉不取，此处评者说是猫之所为亦非，盖这篇夜星子的价值重在是一件巫蛊案，猫并不是主，乃是使也。我很想知道西汉的巫蛊详情，可是没有工夫去查考，所以现在所说的大抵是以西欧为标准，巫蛊当作 witch-craft 的译语，所谓使即是 familiars 也。英国藹堪斯泰因女士（Lina Eckenstein）曾著《儿歌之研究》，二十年前所爱读，其遗稿《文字的咒力》（*A Spell of Words*, 1932）中第一篇云《猫及其同帮》，于我颇有用处。第一章《猫或狗》中云：

在北欧古代猫也算是神圣不可犯的，又用作牺牲。木桶里的猫那种残酷的游戏在不列颠一直举行，直至近代。这最好是用一只猫，在得不到的时候，那就用烟煤，加入桶中。

在法兰西比利时直至近代，都曾举行公开的用猫的仪式。圣约翰祭即中夏夜，在巴黎及各处均将活猫关在笼里，抛到火堆里去。在默兹地方，这个习俗至一七六五年方才废除。比利时的伊不勒思及其他城市，在圣灰日即四旬斋的第一日举行所谓猫祭，将活猫从礼拜堂塔顶掷下，意在表示异端外道就此都废弃了。猫是与古代女神茀赖耶有系属的，据说女神尝跟着军队，坐了用许多猫拉着的车子。书上说现在伊不勒思尚留有遗址，原是献给一个女神的庙宇。

第二章《猫与巫》中又云：

猫在欧洲当作家畜，其事当直在母权社会的时代。猫是巫的部属，其关系极密切，所以巫能化猫，而猫有时亦能幻作巫形。兔子也有同样的情形，这曾被叫作草猫的。德国有俗谚云，猫活到二十岁便变成巫，巫活到一百岁时又变成一只猫。

一五八四年出版的巴耳温的《留心猫儿》中有这样的话，巫是被许可九次把她自己化为猫身。《罗米欧与朱丽叶》中谛巴耳特说，你要我什么呢？麦丘细阿答说，美猫王，我只要你九条性命之一而已。据英法人说，女人同猫一样也有九条性命，但在格伦绥则云那老太太有七条性命正如一只黑猫。

又有俗谚云，猫有九条性命，而女人有九只猫的性命。(案此即八十一条性命矣。)

巫可以变化为猫或兔，十七世纪的知识阶级还都相信这是可能的事。

烧猫的习俗，茀来则博士（J. G. Frazer）自然知道得最多，可惜我只有一册节本的《金枝》(*The Golden Bough*)，只可简单的抄几句。在六十四章《火里烧人》中云：

在法国阿耳登思省，四旬斋的第一星期日，猫被扔到火堆里去，有时候残酷稍为醇化了，便将猫用长竿挂在火上，活活的烤死。他们说，猫是魔鬼的代表，无论怎么受苦都不冤枉。

他又解释烧诸动物的理由云：

我们可以推想。这些动物大约都被算作受了魔法的咒力的，或者实在就是男女巫，他们把自己变成兽形，想去进行他们的鬼计，损害人类的福利。这个推测可以证实，只看在近代火堆里常被烧死的牺牲是猫，而这猫正是据说巫所最喜变的东西，或者除了兔以外。

这样大抵可以说明老姨与猫的关系。总之老姨是巫无疑了，猫是她的不可分的系属物。理论应该是老姨她自己变了猫去作怪，被一箭射中猫肩，后来却发见这箭是在她的身上。如散茂斯（M. Summers）在所著《僵尸》（*The Vampire*，1928）第三章《僵尸的特性及其习惯》中云：

> 这是在各国妖巫审问案件中常见的事，有巫变形为猫或兔或别的动物，在兽形时遇着危险或是受了损伤，则回复原形之后在他的人身上也有着同样的伤或别的损害。

这位散茂斯先生著作颇多，此外我还有他的名著《变狼人》《巫术的历史》与《巫术的地理》，就只可惜他是相信世上有巫术的，这又是非圣无法故该死的，因此我有点不大敢请教，虽然这些题目都颇珍奇，也是我所想知道的事。吉忒勒其教授（G. L. Kittredge）的《旧新英伦之巫术）（*The Witch-craft in Old and New England*，1929）第十章《变形》中亦云：

> 关于猫巫在兽形时受害，在其原形受有同样的伤，有无数的近代的例证。

在小注中列举书名出处甚多。吉忒勒其[4]曾编订英国古民谣为我所记忆，今此书亦是我爱读的，其小序中有一节云：

> 有见于近时所出讲巫术的诸书，似应慎重一

点在此声明，我并不相信黑术（案即害他的巫术），或有魔鬼干预活人的日常生活。

由是可知他的态度是与《僵尸》的著者相反的，我很有同感，可是文献上的考据还是一样，盖档案与大众信心固是如此，所谓泰山可移而此案难翻者也。

话又说了回来，老姨却并不曾变猫，所以不是属于这一部类的。这头猫在老姨只是[5]一种使，或者可称为鬼使（familiar spirit）。茂来女士（M. A. Murray）于一九二一年著《西欧的巫教》（*The Witch-cult in Western Europe*），辨明所谓巫术实是古代的原始宗教之馀留，也是我所尊重的一部书，其第八章论《使与变形》是最有价值的论断。据她在这里说：

苏格兰法律家福布斯说过，魔鬼对于他们给与些小鬼，以通信息，或供使令，都称作古怪名字，叫着时它们就答应。这些小鬼放在瓦罐或是别的器具里。

大抵使有两种，一云占卜使，即以通信息，犹中国的樟柳神，一云畜养使，即以供使令，犹如蛊也。书中又云：

畜养使平常总是一种小动物，特别用面包牛乳和人血喂养，又如福布斯所云，放在木匣或瓦罐里，底垫羊毛。这可以用了去对于别人的身体或财产使行法术，却决不用以占卜。吉法特在十六世纪时记述普通一般的所信云：巫有她们的鬼使，有的只一个，有的更多，自二以至四五，形状各不相同，或像猫，黄鼠狼，癞虾蟆[6]，或小老鼠，这些她们都用牛乳或小鸡喂养，或者有时候让它们吸一点血喝。

在早先的审问案件里巫女招承自刺手或脸，将流出来的血滴给鬼使吃。但是在后来的案件里这便转变成鬼使自己喝巫女的血，所以在英国巫女算作特色的那冗乳（案即赘疣似的多馀的乳头），普通都相信就是这样舐吮而成的。

吉忒勒其教授云：

一五五六年在千斯福特举行的伊里查白时代巫女大审问的第一案里，猫就是鬼使。这是一头白地有斑的猫，名叫撒但，喝血吃。

恰好在茂来女士书里有较详的记载，我们能够知道这猫本来是法兰色斯从祖母得来的，后来她自己养了十五六年，又送给一位老太太华德好司，再养了九年，这才破案。因为本来是小鬼之流，所以又会转变，如那头猫后来就化为一只癞虾蟆了。法庭记录（见茂来书中）说：

据该姬华德好司供，伊将该猫化为蟾蜍，系

因当初伊用瓦罐中垫羊毛养放该猫，历时甚久，嗣因贫穷不能得羊毛，伊遂用圣父圣子圣灵之名祷告愿其化为蟾蜍，于是该猫化为蟾蜍，养放罐中，不用羊毛。

这是一个理想的好例，所以大家都首先援引，此外鬼使作猫形的还不少，茂来女士书中云：

一六二一年在福斯东地方扰害费厄法克思家的巫女中，有五人都有畜养使的。惠忒的是一个怪相的东西，有许多只脚，黑色，粗毛，像猫一样大。惠忒的女儿有一鬼使，是一只猫，白地黑斑，名叫印及思。狄勃耳有一大黑猫，名及勃，已经跟了她有四十年以上了。她的女儿所有鬼使是鸟形的，黄色，大如鸦，名曰啁啯。狄更生的鬼使形如白猫，名菲利，已养了有二十年。

由此可知猫的地位在那里是多么高的了。吉忒勒其教授书中（仍是第十章）又云：

驯养的乡村的猫，在现今流行的迷信里，还保存着好些他的魔性。猫会得吸睡着的小孩的气，这个意见在旧的和新的英伦（案即英美两国）仍是很普遍。又有一种很普遍的思想，说不可令猫近死尸，否则会把尸首毁伤。这在我们本国（案即美国）变成了一种高明的说法，云：勿使猫近死人，怕他会捕去死者的灵魂。我们记得，灵魂常从睡着的人的嘴里爬出来，变成小老鼠的模样！

讲到这里我们可以知道老姨的猫是属于这一类的畜养使，无论是鬼王派遣来，或是养久成了精，总之都是供老姨的使令用的，所以跨了当马骑正是当然的事。到了后来时不利兮骓不逝，主人无端中了流矢，猫也就殉了义，老姨一案遂与普通巫女一样的结局了。

我听人家所讲猫的故事里，还有一件很有意思的，即是猫替猴子伸手到火炉里抓煨栗子吃，觉得十分好玩，想拿来做文章的主题，可是末了终于决定借用这老姨的猫。为什么呢？这件故事很有意思，因为这与中国的巫蛊和欧洲的巫术都有关系，虽然原只是一篇志异的小说。以汉朝为中心的巫蛊事情我很想知道，如上边所已说过，只是尚无这个机缘，所以我在几本书上得来的一点知识单是关于巫术的。那些巫、马披、沙满、药师等的哲学与科学，在我都颇有兴趣而且稍能理解，其荒唐处固自言之成理，亦复别有成就，克拉克教授在《西欧的巫教》附录中论一女所用飞行药膏的成分，便是很有趣的一例。其结论云：

我不能说是否其中那一种药会发生飞行的感

觉，但这里使用乌头（aconite）我觉得很有意思。睡着的人的心脏动作不匀使人感觉突然从空中下坠，今将用了使人昏迷的莨菪与使心脏动作不匀的乌头配合成剂，令服用者引起飞行的感觉，似是很可能的事。

这样戳穿西洋镜似乎有点杀风景，不如戈耶所画老少二女白身跨一扫帚飞过空中的好，我当然也很爱好这西班牙大匠的画；但是我也很喜欢知道这三个药方，有如打听得祝由科的几门手法或会党的几句口号，虽不敢妄希仙人的他心通，唯能多察知一点人情物理，亦是很大的喜悦。茂来女士更证明中古巫术原是原始的地亚那教（Diana-Cult）之留遗，其男神名地亚奴思，亦名耶奴思（Janus），古罗马称正月即从此神名衍出，通行至今，女神地亚那之徒即所谓巫，其仪式乃发生繁殖的法术也。虽然我并不喜吃菜事魔，自然更没有骑扫帚的兴趣，但对于他们鬼鬼祟祟的花样却不无同情，深觉得宗教审问院的那些拷[⑦]打杀戮大可不必。多年前我读英国克洛特（E. Clodd）的《进化论之先驱》与勒吉（W. E. H. Lecky）的《欧洲唯理思想史》，才对于中古的巫术案觉得有注意的价值，就能力所及略为涉猎，一面对那时政教的权威很生反感，一面也深感危惧，看了心惊眼跳，不能有隔岸观火之乐，盖人类原是一个，我们也有文字狱思想狱，这与巫术案本是同一类也。欧洲的巫术案，中国的文字狱思想狱，都是我所怕却也就常还想（虽然想了自然又怕）的东西，往往互相牵引连带着，这几乎成了我精神上的压迫之一。想写猫的文章，第一挑到老姨，就是为这缘故。该姨的确是个老巫，论理是应该重办的，幸而在中国偶得免肆诸市朝，真是很难得的，但是拿来与西洋的巫术比较了看也仍是极有意思的事。中国所重的文字狱思想狱是儒教的，——基督教的教士敬事上帝，异端皆非圣无法，儒教的文士谄事主君，犯上即大逆不道，其原因有宗教与政治之不同，故其一可以随时代过去，其一则不可也。我们今日且谈巫术，论老姨与猫，若文字狱等亦是很好题目，容日后再谈，盖其事言之长矣。

民国二十六年一月二十六日于北平。

［附记］黄汉《猫苑》卷下引《夜谈随录》，云有李侍郎从苗疆携一苗婆归，年久老病，尝养一猫酷爱之，后为夜星子，与原书不合，不知何所本，疑未可凭信。

【锺校】

①“久想”原作“想久”。

③“晓”原作“睡”。

④“其”原作“支”，改使与前文统一。

【鄢校】

②“幼”原作“有”，据《夜谈随录》改。下同。

⑤“是”原作“在”。

⑥“蟆”原作“狼”。

⑦“拷”原作“烤”。

□明珠抄六首

谈儒家

中国儒教徒把佛老并称曰二氏，排斥为异端，这是很可笑的。据我看来，道儒法三家原只是一气化三清，是一个人的可能的三样态度，略有消极积极之分，却不是绝对对立的门户，至少在中间的儒家对于左右两家总不能那么歧视。我们且不拉扯书本子上的证据，说什么孔子问礼于老聃，或是荀卿出于孔门等等，现在只用我们自己来做譬喻，就可以明白。假如我们不负治国的责任，对于国事也非全不关心，那么这时的态度容易是儒家的，发些合理的半高调，虽然大抵不违背物理人情，却是难以实行，至多也是律己有馀而治人不足，我看一部《论语》便是如此，他是哲人的语录，可以做我们个人持己待人的指针，但决不是什么政治哲学。略为消极一点，觉得国事无可为，人生多忧患，便退一步愿以不才得终天年，入于道家，如《论语》所记的隐逸是也。又或积极起来，挺身出来办事，那么那一套书房里的高尚的中庸理论也须得放下，要求有实效一定非严格的法治不可，那就入于法家了。《论语》“为政第二”云：

子曰，道之以政，齐之以刑，民免而无耻。道之以德，齐之以礼，有耻且格。

后者是儒家的理想，前者是法家的办法，孔子说得显有高下，但是到得实行起来还只有前面这一个法子，如历史上所见，就只差没有法家的那么真正严格的精神，所以成绩也就很差了。据《史记》四十九《孔子世家》云：

定公十四年，孔子年五十六，由大司寇行摄相事。于是诛鲁大夫乱政者少正卯。

那么他老人家自己也要行使法家手段了，本来管理行政司法与教书时候不相同，手段自然亦不能相同也。还有好玩的是他别一方面与那些隐逸们的关系。我曾说过，中国的隐逸大都是政治的，与外国的是宗教的迥异。他们有一肚子理想，但看得社会浑浊无可施为，便只安分去做个农工，不再来多管，见了那知其不可而为之的人，却是所谓惺惺惜惺惺，好汉惜好汉，想了方法要留住他，看晨门接舆等六人的言动虽然冷热不同，全都是好意，毫没有歧视的意味，孔子的应付也是如此，都是颇有意思的事。如接舆歌云，往者不可谏，来者犹可追，正是朋友极有情意的劝告之词，孔子下，欲与之言，与对于桓魋的蔑视，对于阳货的敷衍，态度全不相同，正是好例。因此我想儒法道三家本是一起的，那么妄分门户实在是不必要，从前儒教徒那样的说无非想要统制思想，定于一尊，到了现在我想大家应该都不再相信了罢。至于佛教那是宗教，与上述中国思想稍有距离，若论方向则其积极实尚在法家之上，盖宗教与社会主义同样的对于生活有一绝大的要求，不过理想的乐国一个是在天上，一个即在地上，略为不同而已。宗教与主义的信徒的勇猛精进是大可佩服的事，岂普通儒教徒所能及其万一，儒本非宗教，其此思想者正当应称儒家，今呼为儒教徒者，乃谓未必有儒家思想而挂此招牌之吃教者流也。

谈韩文

借阅《赌[①]棋山庄笔记》，第二种为《藤阴客赘》，有一节云：

> 洪容斋曰，韩文公《送孟东野序》曰，物不得其平则鸣。然其文云，在唐虞时咎陶禹其善鸣者也，而假之以鸣，夔假于韶以鸣，伊尹鸣殷，周公鸣周。又云，天将和其声而鸣国家之盛。然则非所谓不得其平也。（《容斋随笔》四）余谓不止此也。篇中又云，以鸟鸣春，以虫鸣秋。夫虫鸟应时发声，未必中有不平，诚如所言，则彼反舌无声，飞蝴不语，可谓得其平耶。究之此文微涉纤巧附会，本非上乘文字，世因出韩公不敢议耳。

世间称韩退之文起八代之衰，人云亦云的不知说了多少年，很少有人怀疑，这是绝可怪的事。谢枚如是林琴南之师，却能跳出八家的圈子，这里批评韩文的纰谬尤有识力，殊不易得。八代之衰的问题我也不大清楚，但只觉得韩退之留赠后人有两种恶影响，流泽孔长，至今未艾。简单的说，可以云一是道，一是文。本来道即是一条路，如殊途而同归，不妨各道其道，则道之为物原无什么不好。韩退之的道乃是有统的，他自己辟佛却中了衣钵的迷，以为吾家周公三吐哺的那只铁碗在周朝转了两个手之后一下子就掉落在他手里，他就成了正宗的教长，努力于统制思想，其为后世在朝以及在野的法西斯派所喜欢者正以此故，我们翻过来看就可以知道这是如何有害于思想的自由发展的了。但是现在我们所要谈的还是在文这一方面。韩退之的文算是八家中的顶呱呱叫的，但是他到底如何好法呢？文中的思想属于道这问题里，今且不管，只谈他的文章，即以上述《送孟东野序》为例。这并不是一篇没有名的古文，大约《古文观止》等书里一定是有的，只可惜我这里一时无可查考。可是，如洪谢二君所说，头一句脍炙人口的“大凡物不得其平则鸣”，与下文对照便说不通，前后意思都相冲突，殊欠妥贴。金圣叹批《才子必读书》在卷十一也收此文，批曰，只用一鸣字，跳跃到底，如龙之变化，屈伸于天。圣叹的批是好意，我却在同一地方看出其极不行处，盖即此是文字的游戏，如说急口令似的，如唱戏似的，只图声调好听，全不管意思说的如何，古文与八股这里正相通，因此为世人所喜爱，亦即其最不堪的地方也。《赌棋山庄笔记》之三《稗贩杂录》卷一有云：

> 作文喜学通套言语。相传有塾师某教其徒作试帖，以剃头为题，自拟数联，有剃则由他剃，头还是我头，有头皆可剃，无剃不成头等句，且谓此是通套妙调，虽八股亦不过此法，所以油腔滑笔相习成风，彼此摹仿，十有五六，可慨也。

以愚观之，《剃头诗②》与《送孟东野序》实亦五十步与百步之比，其为通套妙调则一也。如有人愿学滥调古文，韩文自是上选，《东莱博议》更可普及，《剃头诗》亦不失为可读之课外读物。但是我们假如不赞成统制思想，不赞成青年写新八股，则韩退之暂时不能不挨骂，盖窃以为韩公实系该项运动的祖师，其势力至今尚弥漫于全国上下也。

【鄢校】

①“赌”原作“睹”。

【锺校】

②“诗”原作“赋”。

谈方姚文

谢枚如笔记《稗贩杂录》卷一有《望溪遗诗》一条，略云：

> 望溪曾以诗质渔洋，为其所讥诮，终身以为恨，此诗则在集外，未刻本也。所作似有一二可取，而咏古之篇则去风雅远矣。其《咏明妃》云：茑萝随蔓引，性本异贞松；若使太孙见，安知非女戎。夫明妃为汉和亲，当时边臣重臣皆当为之减色，今乃贬其非贞松，又料其为祸水，深文锻炼，不亦厚诬古人乎。经生学人之诗，不足于采藻，而析理每得其精，兹何其持论之偏欤。侧闻先生性卞急，好责人，宜其与温柔敦厚不近，幸而不言诗，否则溪刻之说此唱彼和，又添一魔障矣。享高名者其慎之哉。

今查《望溪集外文》卷九有诗十五首，《咏明妃》即在其内，盖其徒以为有合于载道之义，故存之欤。溪刻之说原是道学家本色，骂王昭君的话也即是若辈传统的女人观，不足深怪。唯孔子说女子与小人难养，因为近之则不逊，远之则怨，具体的只说不好对付罢了。后来道学家更激烈，却认定女人是浪而坏的东西，方云非贞松，是祸水，是也。这是一种变态[1]者的心理，郭鼎堂写孟子舆的故事，曾经这样的加以调笑，我觉得孟君当不至于此，古人的精神应该还健全些，若方望溪之为此种人物则可无疑，有诗为证也。中国人士什九多妻，据德国学者记录云占男子全数的六十馀（我们要知道这全数[2]里包含老头子与小孩在内），可谓盛矣，而其思想大都不能出方君的窠臼，此不单是一矛盾，亦实中国民族之危机也。

道学家对人溪刻，却也并不限于女子。查《望溪文集》卷六有《与李刚主书》，系唁其母丧者，中间说及刚主子长人之夭，有云：

> 窃疑吾兄承习斋颜氏之学，著书多訾謷朱子。记曰，人者天地之心。孔孟以后，心与天地相似而足称斯言者舍程朱而谁欤？若毁其道，是谓戕天地之心，其为天所不祐决矣。故自阳明以来，凡极诋朱氏者多绝世不祀，仆所见闻具可指数，若习斋西河，又吾兄所目击也。

刚主系望溪的朋友，又是他儿子的老师，却对他说活该绝嗣，因为骂了朱晦庵，真可谓刻薄无人心。又以为天上听见人家骂程朱便要降灾处罚，识见何其鄙陋，品性又何其卑劣耶。不过我们切勿怪方君一个人，说这样话的名人也还有哩。查《惜抱轩文集》卷六《再复简斋书》有云：

> 且其人生平不能为程朱之行，乃欲与程朱争名，安得不为天之所恶，故毛大可李刚主程绵庄戴东原率皆身灭嗣绝，殆未可以为偶然也。

夫姚惜抱何人也，即与方望溪并称方姚，为桐城派之始祖者也，其一鼻孔出气本不足异，唯以一代文宗而思想乃与《玉历钞传》相同，殊非可以乐观的事。方姚之文继韩愈而起，风靡海内，直至今日，此种刻薄鄙陋的思想难免随之广播，深入人心，贻害匪浅，不佞乃教员而非文士，文章艺术之事不敢妄谈，所关心者只是及于青年思想之坏影响耳。

【锺校】

①“态”原作“质”。

【鄢校】

②“数”原作“书”。

谈画梅画竹

谢枚如在《课馀偶录》卷一云：

> 永新贺子翼贻孙先生著述颇富，予客江右，尝借读其全书，抄存其《激书》十数篇，收之箧衍。

谢君又摘录《水田居文集》中佳语，我读了颇喜欢，也想一读，却急切不可得，只找到一部《水田居激书》，咸丰三年孙氏重刊，凡二卷四十一篇，题青原释弘智药地大师鉴定，并有序，即方密之也。老实说，这类子书式的文章我读了也说不出什么来，虽然好些地方有“吴越间遗老尤放恣”的痕迹，觉得可喜，如多用譬喻或引故事，此在古代系常有而为后代做古文的人所不喜者也。卷二《求己》中有一节云：

> 吾友龙仲房闻雪湖有《梅谱》，游湖涉越而求之，至则雪湖死久矣。询于吴人曰，雪湖画梅有谱乎？吴人误听以为画眉也，对曰，然，有

之，西湖李四娘画眉标新出异，为谱十种，三吴所共赏也。仲房大喜，即往西湖寻访李四娘，沿门遍叩，三日不见。忽见湖上竹门自启，有妪出迎曰，妾在是矣。及入问之，笑曰，妾乃官媒李四娘，有求媒者即与话媒，不知梅也。仲房丧志归家，岁云暮矣，闷坐中庭，值庭梅初放，雪月交映，梅影在地，幽特拗崛，清白简傲，横斜倒侧之态，宛然如画。坐卧其下，忽跃起大呼，伸纸振笔，一挥数幅，曰，得之矣。于是仲房之梅遂冠江右。

雪湖吾乡人，《梅谱》寒斋亦有之，却未见其妙处，题诗文盈二卷，但可以考姓名耳。我在这里觉得有兴趣的乃是仲房的话。《激书》中叙其言曰：

吾学画梅二十年矣，向者贸贸焉远而求之雪湖，因梅而失之眉，因眉而失之媒，愈远愈失，不知雪湖之《梅谱》近在庭树间也。

相似的话此外也有人说过。如金冬心《画竹题记》自序云：

冬心先生年逾六十，始学画竹，前贤竹派不知有人，宅东西种植修篁，约千万计，先生即以为师。

又郑板桥题画竹类第一则云：

> 余家有茅屋二间，南面种竹。夏日新篁初放，绿阴照人，置一小榻其中，甚凉适也。秋冬之际，取围屏骨子断去两头，横安以为窗棂，用匀薄洁白之纸糊之。风和日暖，冻蝇触窗纸上冬冬作小鼓声，于是一片竹影零乱，岂非天然图画乎。凡吾画竹，无所师承，多得于纸窗粉涂，日光月影中耳。

这所说都只是老生常谈，读了并不见得怎样新鲜，却是很好的学画法。不但梅竹，还可以去画一切，不但绘画，还可以用了去写文章。现在姑且到了文章打住，再说下去便要近于《郭橐驼传》之流，反为龙仲房所笑了。雪湖之《梅谱》近在庭树间，这的确是一句妙语，正如禅和子所说眼睛依旧眉毛下，太阳之下本无新事，却是踏破铁鞋无觅处，得来全不费工夫，不独不费工夫，且一生吃着不尽也。抑语又有之，有缘千里来相会，无缘对面不相逢，天下之在梅树下跑进跑出遍找梅花而不得者何限，旁人亦爱莫能助。吾见祝由科须先卜病可治（论法术病无不可治，卜者问该不该愈耳，即有缘否也。）而后施术，此意甚妙，虽然法术我不相信，只觉得其颇好玩而已。

谈《字学举隅》

偶然借到宋倪正父的《经鉏堂杂志》四册，万历庚子年刻，有季振宜印，卷面又有人题字一行云：昌乐阎恭定公家旧书，道光丁未夏借读。可知这书是有来历的了。倪君的议论也有可取处，字体又刻得很精致，原来也是一部好书，可是被妄人涂抹坏了，简直不能再看。先有人拿朱笔写了好些批语，后来又有人拿墨笔细心的把它一一勾掉或直掉，这倒还在其次，最要不得的是又有一个人（或者即是勾批语的也未可知），将书中每个帖体简笔字都照了《字学举隅》改正笔墨，如能所此于等字，无不以昏墨败笔加以涂改，只馀第八卷末十五页不曾点污，岂读至此处而忽溘然耶。展卷一望，满眼荆棘，书中虽有好议论，也如西子蒙不洁，不欲观也已。我们看了其墨之昏笔之败，便如见其头脑之昏败，再看其涂抹得一塌胡涂，也如见其心地之胡涂，举笔一挥，如悟能之忽现猪相，真可异也。书虽可读，因面目可憎，心生厌恶，即还原处，竟不及读毕一卷，此种经验在我也还是初次，所以不免少见多怪的要说这一大番话，假如将来见识得多，那么自然看惯了也就不多说了吧。

《字学举隅》这把戏我是搅过的，并不觉得怎么的了不得。我在小时候预备举业，每日写一张大字之外还抄《字学举隅》与《诗韵》，这个苦功用得不冤枉，在四十岁以前，上下平三十韵里的某字在某韵我大抵都记得清楚，仄声难免有点麻胡，直到现在才算把它忘记完了，《字学举隅》的标准写法至今还记得不少，——但是这有什么用呢？大家都知道，《字学举隅》是写馆阁体字的教科书，本是曹文正公曹振镛的主意，而这曹文正公也即是传授做官六字秘诀的祖师。秘诀维何，曰多磕头少说话，是也。所谓字学，实亦只是写馆阁体字（象征磕头的那一种字体）的方面而已，与文字之学乃是风马牛十万八千里也。

不佞少时失学，至廿五岁时始得见《说文解字》，略识文字，每写今隶，辄恨其多谬误，如必丸等字简直苦于无从下笔，如鱼鸟等字亦均不合，盖鸟无四足，鱼尾亦非四歧也。及后又少识金文甲骨文，更知小篆亦多转变致讹，如凡从止的字都该画一足形，无论怎[①]么简单均可，总不能如小篆那样，若欲求正确则须仔细描出脚八桠子才行。不佞有志于正字，最初以为应复小篆，后更进而主张甲骨文，庶几不失造字本意。其意美则美矣，奈难以实行何？假如用我最正确的主张，则我便非先去学画不可，不然就无从写一止字也。小篆还可以知道一点，惜仍不正确，若今隶更非矣，而《字学举隅》又是今隶中之裹小脚者耳，奚足道哉。

不佞不能写象形文字，正字之大业只好废然而止，还来用普通通行的字聊以应用，只求便利，帖体简笔固可采取，即民间俗字亦无妨利用，只不要不通就好了。不能飞入天空中去，便不如索性老实站在地上，若着了红绣鞋立在秋千上离地才一尺，摇摇摆摆的夸示于人，那就大可不必，《字学举隅》的字体即此类是也。不知何等样人乃据此以涂改古人的书，哪得不令人恶心杀。

【锺校】

①“怎”原作“什”。

《妇人之笑》

来集之著《倘湖樵书》卷十一有《妇人之笑》一篇云：

唐人诗云，西施醉舞娇无力，笑倚东风白玉床，言夷光好笑而麋鹿走于姑苏也。又云，回头一笑百媚生，六宫粉黛无颜色，言杨妃好笑而鼙鼓动于渔阳也。乃妲己不好笑，必见炮烙之刑而后笑，褒姒不好笑，必见烽火之戏而后笑，吾又安知不好笑之为是，而好笑之为非。如息妫入楚不言，何况于笑，而唐人诗曰，细腰宫里露桃新，默默无言几度春，毕竟息亡缘底事，可怜金谷堕楼人，盖责备贤者之意也。予谓诗云，巧笑倩兮，美目盼兮，是妇人之美多在于笑也。《史记》，箕子过殷墟，欲哭则不敢，欲泣为近于妇人，是妇人之性多善于泣也。诸美人以一笑而倾人城，杞梁妻又以一哭而崩杞之城，是妇人者笑又不得，哭又不得，笑既不得，而不笑又不得。诸妇人以长舌而丧人之国，而息妫又以不言而丧两国，是妇人者言又不得，不言又不得。左氏云，尤物移人。又曰，深山大泽，实生龙蛇，彼美予惧其生龙蛇以祸汝。则但问其尤物何如耳，不必问其笑不笑言不言也[1]。

《樵书》本来是一种类书，与《玉芝堂谈荟》相似，类聚事物，不大有什么议论，这条却是一篇好文章，又有好意思，是很难得的事。向来文人说女人薄命的也都有，但总不过说彩云易散，古今同悲这些话头而已，来君所说则更进一步，标出女人哭笑都不得，肯替她们稍鸣不平。《癸巳类稿》卷十三《节妇说》中云：

男子理义无涯涘，而深文以罔妇人，是无耻之论也。

又《书旧唐书舆服志后》中云：

古有丁男丁女，裹足则失丁女，阴弱则两仪不完。又出古舞屣贱服，女贱则男贱。

《越缦堂日记补》辛集上读《癸巳类稿》所记有云：

俞君颇好为妇人出脱。……语皆偏谲，以谢夫人所谓出于周姥者，一笑。

李君自然是恪守周公之礼者，觉得士大夫没有侍妾便失了体统，其不能了解俞理初的话也是当然，但俞君的价值固自存在，在近代中国思想中盖莫能与之比肩也。皇帝多嫔妃，公主也就要面首，这可以说有点偏谲，若是体察别人的意思，平等来看待，那正是不偏，孔子说过，己所不欲勿施于人，又岂不是恕乎。俞君颇好为妇人出脱，此即是他的不可及处，试问近一二百年中还有谁能如此说，以我孤陋寡闻殊不能举出姓名来，来元成的这一篇小文颇有此意，但其时在清初，去今已有二百五十年以上了。再找上去还可以找到一个人，即是鼎鼎大名的李卓吾。友人容元胎近著《李卓吾评传》，第二章《李贽的思想》中有云：

他的平等的见解应用在男女问题上，他以为男女的见识是平等的。他说："谓人有男女则可，谓见有男女可乎？谓见有短长则可，谓男子之见尽长，女人之见尽短，又岂可乎？"（《答以女人学[②]道为见短书》，《焚书》卷二。）这是平等见解最好的表见。在中国十六世纪的后半纪，这种见解的确是了不得的。

李卓吾之学出于王阳明，却更为解放自由。在《道古录》卷上讲格物的地方有云：

圣人知天下之人之身即吾一人之身。我亦人也。是上自天子，下至庶人，通为一人矣。

这话说得很有意思，“我亦人也”与墨子的“己亦在人中”颇有点相像，在思想上自然是平等，在行为上也就是兼爱了。但是他在当时被判为惑世诬民，严拿治罪，行年八十死于狱中。这姑且算了吧，后人的批评怎么样呢？我们先问顾亭林看，他在《日知录》卷十八有《李贽》一条，抄录张问达劾疏及谕旨后发表意见云：

> 愚案自古以来小人之无忌惮而敢于叛圣人者莫甚于李贽，然虽奉严旨而其书之行于人间自若也。

奇哉亭林先生乃赞成思想文字狱，以烧书为唯一的卫道手段乎？可惜还是在流行，此事盖至乾隆大禁毁明季之遗书而亭林之愿望始满足耳。此外王山史冯钝吟尤西堂等的意见都是一鼻孔出气，不必多举。不佞于顾君的学问岂敢菲薄，不过说他没有什么思想，而且那种正统派的态度是要不得的东西，只能为圣王效驱除之用而已。不佞非不喜《日知录》者，而读之每每作恶中辍，即因有此种恶浊空气混杂其中故也。

来君著作我只见到这部《樵书》。宋长白著《柳亭诗话》卷十五有《姑恶》一则云：

> 姑恶鸟名也，相传上世有妇人见虐于其姑，结气而死，化为此鸟，诗人每谱入禽言。来元成

有句云："不改其尊称曰姑，一字之贬名曰恶。"

来氏以春秋名家，书法之妙即于此见之。

此一联未必佳，恰是关于妇女生活的，抄录于此，亦可以与上文相发明耳。

［附记］《明珠抄》十九首，本是念五年冬间为《世界日报》《明珠》栏所写，今因上海兵燹，原稿散失，重检得六篇收入，皆是年十二月中作也。

二十八年十二月十七日记于北平。

【锺校】

①"也"原作"曰"，据《倘湖樵书》改。

②"学"原作"举"，据《焚书》改。

图书在版编目(CIP)数据

秉烛谈/周作人著作;锺叔河编订. —长沙:岳麓书社,2019.1(2022.7 重印)

ISBN 978-7-5538-0893-2

Ⅰ.①秉… Ⅱ.①周…②锺… Ⅲ.①杂文集—中国—现代 Ⅳ.①I266.1

中国版本图书馆 CIP 数据核字(2018)第 035452 号

BINGZHU TAN

秉烛谈

周作人著作　锺叔河编订

特约编辑:鄢　琨

责任编辑:蒋　浩

责任校对:舒　舍

书籍设计:风格八号

岳麓书社出版发行

地址:湖南省长沙市爱民路 47 号

直销电话:0731-88804152　0731-88885616

邮编:410006

版次:2019 年 1 月第 1 版

印次:2022 年 7 月第 3 次印刷

开本:787mm×1092mm　1/32

印张:7.125

字数:115 千字

印数:7 001—9 000

书号:ISBN 978-7-5538-0893-2

定价:24.00 元

承印:长沙鸿发印务实业有限公司

如有印装质量问题,请与本社印务部联系

电话:0731-88884129